お助け同心 尾形左門次

笹沢左保

コスミック・時代文庫

※この作品は二〇一三年小社から刊行された「八丁堀お助け同心」を改題したものです。
本書には今日では差別表現として好ましくない表現も使用されていますが、作品の時代背景および出典を尊重し、あえてそのまま掲載しています。

目次

第一話　少女の恋

陰暦九月九日は、菊の節句である。

この日から、綿入れを着ることになる。また武家方は、総登城という日でもあった。菊の節句だから晩秋であり、朝夕には肌寒さを感じる。

文化十四年の九月九日の早朝に、戸塚村の畑の中で少女の死骸が見つかった。

牛込《うしごめ》の西北の一帯を、早稲田町が占めている。高田馬場《たかだのばば》の東に位置していて、水稲荷《みずいなり》から大寺院として知られる宗参寺《そうさんじ》あたりまでの町屋が、早稲田町であった。

以前は早稲田村だったが、このときより七十二年前に町方支配となり、早稲田町と改めている。新しい町屋なので、土地続きのひとつの町にはまとまっていない。

むかしからあった武家地や寺社地に、町屋は分断された形になっている。東に牛込早稲田町、西に早稲田馬場下町《ばばしたちょう》と分かれていた。早稲田馬場下町の西端に、多くの寺院とともに水稲荷がある。

　水稲荷とは俗称で、正しくは高田稲荷明神という。戸塚稲荷とも、呼ばれていた。元禄のころ社前に霊水が湧き、その水で目を洗うと眼病が治るという霊験《れいげん》があり、そこから水稲荷との俗称が生まれた。

　当然、多くの参詣人を集めている。だが、この水稲荷の西から東にかけては、人気《ひとけ》もない百姓地であった。水稲荷が戸塚村の氏神さまであることを裏付けて、戸塚村の田畑が遠くまで広がっている。

　その田畑を貫く道に沿って、高田馬場がある。高田馬場と戸塚村の田畑を挟んでの南には、広大な土地を保有する尾州《びしゅう》家の戸山下屋敷があった。

　少女の死骸は、やや尾州家の下屋敷寄りの畑の中で見つかった。この時代、女の結婚は十三歳以上と定められている。したがって、十三歳になれば娘である。

　十二歳までは、娘の範疇《はんちゅう》にはいらない。少女、幼女、童女と見なされる。畑の中で死んでいたのは、牛込七軒寺町《しちけんてら》の千手院《せんじゅいん》の門前町に住む六兵衛《ろくべえ》の長女で、十二歳になるおまちとわかった。

　十二歳だから、少女か幼女と呼ばれることになる。しかし、おまちの胸のふくらみ、尻の大きさ、腰つきなどは娘に近かった。そういう意味で幼女ではなく、少女と称すべきだった。

おまちは髷《まげ》もまだ、桃割れであった。最近になって、しきりに銀杏髷《いちょう》に結《ゆ》いたがっていたという。

おまちの髷は崩れていなかったが、下半身がひどく乱れていた。着ていたものの裾《すそ》が、まくり上げたように大きく開いている。白い下肢《かし》が、そっくりむき出しになっていた。

衿《えり》も押し広げられていて、左右の乳がこぼれ出ている。更に裂傷《れっしょう》と出血の跡がおまちの下腹部のその部分に認められた。誰の目にも、姦淫《かんいん》のうえ殺された少女の無残な姿として、映じたのであった。

少女の無残な変死体――。午後になって北町奉行所定廻《じょうまわ》り同心、辺見勇助《へんみゆうすけ》によってその検視が行なわれた。辺見勇助ももちろん、おまちは姦淫を目的とした男の手で、殺されたものと判断した。

おまちの両親、六兵衛夫婦は千手院の門前町で、みやげ物を売る茶屋を営んでいる。みやげ物では、早稲田町の名産とされる茗荷《みょうが》が評判を呼んでいた。

おまちを頭《かしら》に、四人の子持ちだった。おまちはなかなかの器量よしで、少女でありながらどことなく色っぽい。身体つきなども、熟れるのが早かった。

年ごろになったら、小町が付くほどの大変な美人になるだろうと、土地の人々は噂していたという。玉の輿に乗るねと言われることを六兵衛夫婦も自慢にしていたらしい。

しかし、そうしたおまちでも、まだ幼さは残っている。どこへ行くにも両親に断わらずに、ふいっと遊びに行ってしまうのは毎度のことであった。

おまちの姿が見えなくなることに慣れているせいか、どこで誰と何をしているのか六兵衛夫婦は無関心でいた。おまちが帰って来てからも、両親はやかましいことは言わなかった。

昨日も夕方から、おまちは姿を消した。いつものことなので、六兵衛夫婦は気にかけなかった。だが、夜になってもおまちは戻らないという点が、いつもと違っていた。

六兵衛夫婦は、近所を捜し回った。おまちが行方知れずだと騒ぎが大きくなって、町内の人々も探索に加わった。しかし、どこを捜しても、手がかりひとつ得られなかった。

六兵衛夫婦は、一睡もせずに夜明けを迎えた。そして、朝の日射しが路上の影を濃くするころになって、戸塚村の畑の中で少女が死んでいるという情報を、耳にすることになったのである。

おまちは昨日の夕方に遊びに出て間もなく、人気のない戸塚村の畑の真ん中へ連れ込まれた。連れ込んだのは、男に決まっている。男はおまちをその場に押し倒して、思いを遂げようとした。

おまちは苦痛の余り、大声を上げて助けを求めた。男はあわてて、おまちの息の根をとめて逃走した。そうした筋書きだろうと、辺見勇助も簡単に考えたのである。

ところが、そうはいかなかった。おまちの死骸には傷らしきものが、まったく残っていなかったのだ。刺し傷、切り傷はもとより、殴られたり首を絞められたりした跡もなかった。

口を押さえて窒息死させようとすれば、おまちは猛烈に暴れたはずだった。だが、おまちの衣服の乱れ方は色っぽいだけで、激しく抵抗した形跡とはまるっきり違っている。

おまちの死に顔も、苦悶《くもん》した形相《ぎょうそう》ではない。こうなると、おまちは男に殺されたという断定も、下せないわけであった。

十二歳以下の少女または幼女と姦淫すれば、重い罪に問われる。これは当然、男の一方的な色情による姦淫、すなわち強姦《ごうかん》と解釈されるからだった。

この時代の正式な法律用語では、強姦のことを『押して不義』と称した。御定《おさだめ》書百箇《がき》条とそれに基づいた判例によれば、『押して不義』の罪は次のようになっている。

人妻を犯した者、死罪。

独身の女を犯した者、重追放。

幼女姦、遠島。主人の娘であれば、死罪。

輪姦となれば主謀者は獄門、追随者は重追放。

まして死に至らしめたとあっては、引き廻しのうえ獄門という極刑を逃れることはできなかった。

ちなみに得心のうえの野合、つまり和姦であっても、相手次第では厳しく処罰された。

義母あるいは養女と関係した場合、男女ともに獄門である。

人妻との密通は、男女ともに死罪。

主人の妻との密通は、男のほうが獄門となる。

主人の娘と私通すれば、男のほうが中追放であった。

婚約している娘と通じると、男は軽追放、女は手錠のうえ父親に下げ渡しとなる。

いずれにしても、おまちに『押して不義』をした男は、重罪人だった。おまちは、陰門に裂傷を負い、出血もしている。少女・幼女に押して不義いたし、怪我いたさせ候《そうろう》もの遠島、という法律も判例もあるのだ。

すでに、遠島は決まっている。

問題は、『押して不義した男』が、おまちを殺したのかどうかにあった。殺してないとすれば、遠島だけですむ。もし殺していれば、死罪となる。

だが、男が手にかけていないのなら、おまちはなぜ死んでいたのか。また男が命を奪ったのであれば、いかなる方法によっておまちを殺したのか。

外傷もなければ、毒を盛られた死骸でもない。抵抗して、激しく暴れた様子もなかった。死に顔は、安らかである。何よりも恐ろしさが先に立ち、おまちの心の臓が停止してしまったのだろうか。

「昨日の夕暮れどきにおまちの姿を見かけた者、おまちと一緒の野郎を見かけた者ってえのを、何としてでも捜し出すんだ」

辺見勇助は、岡っ引とその手先たちに命じた。

「へい」

「承知いたしやした」

岡っ引とその手先が三人、走り出して四方に散った。そうしたときには、実に頼もしくて颯爽《さっそう》としている定廻り同心であった。しかし、およそ勇ましくなくて、きりっとしないうえに存在感のない同心もいる。

そのころ、市谷柳町《いちがややなぎちょう》にさしかかっていた尾形左門次《おがたさもんじ》が、そういう同心だった。

尾形左門次も辺見勇助と同様に、北町奉行所に属している。このときの北町奉行は永田備前守正直《ながたびぜんのかみまさなお》で、配下に二十五騎の与力《よりき》と百二十名の同心がいた。

同心となれば身分も、三十俵二人扶持《ぶち》の給米も、八丁堀の旦那ということもまったく変わらなかった。けれども町奉行所には、数多くの職務分掌《ぶんしょう》がある。同心にしてもそれぞれ、いろいろな仕事を分担している、そのお役目の違いによって、花形役者か縁の下の力持ちかが決まるのであった。

辺見勇助のような定廻り同心が、何といってもいちばんの花形である。岡っ引などを従えて、江戸市中の犯罪の取り締まりに当たる。捕物もあって、謎に包まれた事件を解決すれば、大手柄として派手に喧伝《けんでん》される。

定廻り同心には、江戸の商家をはじめ大名からも、付け届けや多くの贈物がある。それで定廻り同心は、三十俵二人扶持にもかかわらず、大変に裕福だった。

だが、尾形左門次などは、とてもそうはいかない。付け届けや袖《そで》の下がないことはないが、高《たか》が知れている。尾形左門次の暮らしぶりは、決して楽なほうではなかった。

着流しに三つ紋付の黒羽織、大小の刀を差して、裏白の紺足袋《こんたび》で雪駄《せった》ばきという身なりは、定廻り同心とあまり変わらない。ただし尾形左門次の場合は、朱房《しゅぶさ》の十手というのが、ほんの飾りものになっていた。

お供として木刀を差した中間《ちゅうげん》と、御用箱を担《かつ》いだ小者《こもの》を引き連れている。この点も、辺見勇助と同等だった。しかし、尾形左門次と一緒に、岡っ引きや手先が行動するようなことはなかった。

犯罪捜査にも捕物にも岡っ引も十手をチラつかせることにも、いっさい無縁という尾形左門次のお役目なのである。尾形左門次の仕事とは、高積見廻《たかづみ》りという役目であった。

江戸市中の商店街や河岸《かし》などへは、大量の商品が運び込まれる。そのためにどうしても、店先とか路上とかに荷を山積みにすることになる。

これは危険であり、町の美観を損《そこ》ねる。更に交通を妨害し、火災のときには災害を大きくする原因にもなる。そうした配慮から、江戸には商品を積み上げる高さと幅に、一定の制限が設けられていた。

それに違反していないか江戸市中を巡回して、取り締まるのが高積見廻りの役目なのである。高積見廻りは責任者の与力が一騎で、実務に服している同心が二名だった。

定廻りのように、危険が伴ったり苦労が多かったりという仕事ではない。しかし、何とも地味な役目であり、まさしく縁の下の力持ちといえた。

高積見廻りの尾形左門次はいま、市谷と牛込の境にある焼餅坂《やきもちざか》を下っていた。市谷柳町の醬油酢問屋を目ざしているのだが、そこはおまちの住まいからそう遠くなかった。

焼餅坂を下りきると、市谷北端の柳町にぶつかる。柳町の北寄りは、西も東も牛込であった。右手の道を真っ直ぐ行けば、間もなく七軒寺町の通りへ出て、千手院門前町のおまちの家がある。

だが、尾形左門次はおまちの一件など、知るよしもなかった。たとえ知っていようと、お役目外のことには首を突っ込まない。だから尾形左門次は当然、おまちの家が近いといったことに無関心でいる。

尾形左門次は柳町の醤油酢問屋、『近江屋《おうみや》』の店先に立った。左門次をよく知っている番頭が、急いで主人を呼びに奥へ引っ込んだ。すぐに主人の近江屋源七《げんしち》が現われて、店の外まで出て来た。

「これは、尾形さま、お役目、ご苦労さまにございます」

近江屋源七は、深々と頭を下げた。

「よくねえ噂を耳にしたんで、ちょいと寄ってみたんだ」

尾形左門次は、八丁堀の旦那特有の伝法《でんぼう》な言葉遣いだった。

「よくない噂とは、いかようなことでございましょう」

「市谷柳町の近江屋は店の前に、樽を山積みにするってえ悪い癖があっていけねえ。あれが崩れたら、怪我人が出るだろうって噂だ」

「手前どもが、そのようなことをいたすはずがございません。尾形さまも毎度のお見廻りで、よくご存じでございましょう」

「だがな、噂を耳にしたからには、知らん顔じゃあいられねえ。そいつが、お役目ってもんだろうよ」

「尾形さま、ご覧くださいまし。店の前に樽の一つも、積んでございましょうか」

「いや、樽なんぞひとつもねえってことは、すでにこの目で確かめた」

「手前どもに何やら恨《うら》みがありますとか、どうも気にくわないとかいう者が、そうした噂を広めるのでございますよ」

「よくある話だが、いやがらせってやつだろうよ」

「尾形さまにさえ、おわかりいただけましたら、もうそれでよろしいのでございますが……」

近江屋源七は、あたりに目を走らせた。

そういう源七に、気が晴れた様子はなかった。源七は、ひどく暗い眼差《まなざ》しでいる。心ここにあらずというように、目つきにも落ち着きがなかった。

「何かあったのかい、近江屋。手のつけようがねえ異変に、心を悩ましているってふうに見受けられるぜ。いつもの近江屋とは、様子が違うようだ」

尾形左門次は、腕を組んだ。

「尾形さま、お願いがございます。お手間を取らせることになりましょうが、どうか奥へお通りくださいまし」

意を決したような顔で、源七は言った。

尾形左門次、三十八歳。

高積見廻り役の同心で、八丁堀の敷地百坪の組屋敷に妻子とともに住む。背が高く痩身《そうしん》で、風に吹かれるような歩き方が特徴だが、剣は直心影流《じきしんかげりゅう》の達人である。彫りの深い顔は色浅黒く、目もと涼しげだが眼光は鋭い。精悍《せいかん》そのものという印象であっても、笑えば歯の白さが目立って何となく愛嬌《あいきょう》がある。

小銀杏《こいちょう》という粋《いき》な結い方の髷が、よく似合っていた。粋筋の女や多情な年増《としま》の心を、くすぐる旦那だといわれている。だが、当人は常に飄々《ひょうひょう》とした感じで、あまり色気があるほうではない。

罪を犯した者の相談に乗ってやったり、いい知恵を授《さず》けたりと、八丁堀同心としては実に珍しい一面を持っている。そのために世間には、『お助け同心』という異名《いみょう》で呼ぶ人々が少なくない。

そうした尾形左門次はよく、右手で左の肩を揉むようにする。別に肩が凝るわけではなし、当人も意識してやることではないので、気持ちを整理するときの癖なのだろう。

尾形左門次は、中間と小者を店先に残して、近江屋源七のあとに従った。近江屋源七は、お助け同心としての左門次に、すがろうとしているのに違いない。そうだとしたら近江屋は、犯罪にかかわっているということになる。

住まいの奥座敷に通された左門次は、そこで近江屋源七から打ち明け話を聞かされた。そうなって左門次は初めて、おまちの一件を知ったのである。

「そうかい、辺見勇助どのの扱いとなったのかい。辺見どのは、腕利《うでき》きの定廻りだから、間もなく決着をつけるだろうぜ」

尾形左門次は、熱いお茶をすすった。

「いいえ尾形さま、もはや決着はついたも同然なのでございます」

近江屋源七の顔は、ますます暗くなっていた。

「決着がついたとは、どういうことなんだ」

「このようなお話を、八丁堀の旦那と呼ばれるお方のお耳に入れるのは、まことにもって筋違い、理不尽なこととはよく承知しております。けれども、いまやお助け同心の尾形さまから、お知恵を拝借するほかはないところまで、わたくしも切羽詰《せっぱつ》まっているのでございます」

「わかっていらあな。だったら、さっさとお助け同心に、事の子細を聞かせることだろうぜ」

「はい、申し上げます。手前どもの奉公人に、清吉《せいきち》という若い者がおりまして……。昨日の日暮れどきに、おまちと一緒だった男というのが、実はこの清吉なのでございます」

　源七はがっくりと、肩を落としていた。

「何だと……」

　左門次はキラッと光った目を、そのまま庭の龍胆《りんどう》の花へと転じた。

　押して不義（強姦）したうえに、おまちという十二歳の少女を死に至らしめた下手人が、この近江屋の奉公人だった。そんな重大事件となると、お助け同心も滅多に経験するものではない。

「昨日わたくしは清吉を、音羽《おとわ》の護《ご》国寺《こくじ》前まで使いにやりました。清吉が戻りましたのは、宵《よい》の口《くち》とはいってもすっかり暗くなってからでございます。そのうえ顔色が真っ青で、清吉はものも申せません」

　近江屋源七は、重そうに唇を動かした。

　清吉は土蔵のまわりをウロウロしていて、家の中へはいろうともしない。源七も知らん顔はできないので、清吉を奥の座敷へ呼びつけた。

　しかし、清吉はただ恐れ入るばかりで、涙を流しながら沈黙を守っている。源七は叱りつけたり、なだめたりして辛抱強く、清吉が興奮から醒めるのを待った。

　清吉がようやく口を開いたのは、家中が寝静まってからのことであった。清吉は一部始終を、源七に打ち明けた。覚悟を決めたように、清吉は落ち着きを取り戻していた。

そうした清吉の告白によると、護国寺前からの帰りは雑司《ぞうし》ケ谷《や》を抜ける道をたどったという。南蔵院《なんぞういん》、氷川《ひかわ》神社の前を通り、神田上水に架かる姿見橋《すがたみばし》を渡れば高田馬場にぶつかる。

水稲荷も、目の前だった。日も西へ傾いているので、清吉は足を早めた。水稲荷の手前に、小さな森がある。森の中には、あまり参詣人が訪れない祠《ほこら》が、鎮座すると聞いていた。

清吉自身も参ったことはないが、早稲田町天神と呼ばれる祠らしい。その早稲田町天神の森の前に、人影がたたずんでいた。千手院の門前町で、茶屋とみやげ屋を営む和田屋六兵衛の娘であった。

そのおまちと清吉は、心安い仲だった。和田屋六兵衛の弟が、手代として近江屋に奉公している。和田屋六兵衛の弟の三之助《さんのすけ》は、近江屋源七に見込まれている手代である。

二十《はたち》になった清吉も手代見習いとして、三之助の指導と助言を受けていた。おまちは叔父《おじ》の奉公先の近江屋へ、ちょくちょくやってくる。

そういう縁があって二年ほど前から、清吉とおまちも親しくなったのだ。おまちは清吉を、兄のように慕《した》っている。いや、清吉と夫婦《めおと》になりたいのではないか。清吉の顔が見たくて、おまちは近江屋へくるらしいと、三之助からも冷やかされるような仲だった。

だから、おまちが目の前に現われたからといって、清吉は驚かなかった。ただ不意のことであり、どうしておまちがこんなところにいるのかと、清吉は目をまるくした。

「おまちさん、ここで何をしているんだね」

清吉のほうから、そう声をかけた。

おまちは、清吉をじっと見つめている。熱っぽさを、感じさせる眼差しであった。

清吉は二十、おまちは十二である。八つ違いというのは、男と女の年齢の差として釣り合いがとれている。しかし、十二歳というおまちでは、清吉もやはり女を感じることがない。

美少女なので、慕われれば情が湧く。心身ともに早熟なおまちなので、間もなく娘だと清吉も意識はする。まあその程度であり、清吉はおまちをあくまで子ども扱いしていた。

「早稲田町天神さまへ、お参りに……」

おまちは、笑いを浮かべた。

「うん、それは感心なことだ。じゃあ、一緒に帰ろうか」

清吉は、おまちと並んで立った。

「さっそく、ご利益があったみたい。だって天神さまの森を出たとたんに、清吉さんとばったり出会えたんだもの」

おまちは嬉しそうに、両手で顔を挟みつけた。

おまちの笑顔は、明らかに媚《こ》びていた。もともと年の割には色気のある少女だが、今日のおまちは特に色っぽかった。生き生きと輝いている目の熱っぽさも、清吉は気になっていた。

年ごろの娘と変わらないと、清吉は初めておまちに対して胸のときめきを感じた。十二歳の少女であるだけに、その自然に滲《にじ》み出る色気が妖《あや》しかった。

「わたしに、何か用でもあったのかい」

清吉は思わず、おまちの腰の線に目をやっていた。

「近江屋さんではいつだって、清吉さんと二人きりになることがないんだもの。

清吉さんと二人きりで話ができますようにって、わたし天神さまにお願いしたところだったんだよ」

おまちは、顔を赤く染めて言った。

「二人きりで、どんな話をするんだ」

清吉は、歩き出した。

「清吉さん、人目につかない場所へ連れていっておくれ」

あとを追いながら、おまちは清吉の袖を引っ張った。

左側には水稲荷と穴八幡《あなはちまん》、ほかに寺院が三つほどある。右手には高田馬場と尾張家の戸山下屋敷に挟まれて、百姓地が西のほうへ広がっている。

町屋がないので、人通りがなかった。日暮れになれば、水稲荷への参詣人の足も途絶える。西日に赤々と照らされていながら、地上には人影がまったくなかった。

畑は全体が、稲穂に埋まっていた。水田ではないので、陸稲であった。水稲より収穫の時期が早いので、明日からでも稲刈りが始まることだろう。

「あのあたりでも、いいんだけど……」

おまちが指さしたのは、尾張家下屋敷寄りの畑の中にある雑木林であった。

小さな塚を、覆っている雑木林なのだ。その手前の畑の中なら、人目にはつかない。

あそこがいいと、おまちが指定した場所へ、清吉も急ぐことになった。清吉が逆らわなかったのは、すでに色情を発しという状態にあったためかもしれない。

つまり、何が起きるかわからないにしても、清吉はおまちの誘惑に乗ったということになる。それは十二歳のおまちがこれまでになく、娘盛りの色気を感じさせたからであった。

無人の世界を行くようにして、二人は目ざす地点にたどりついた。背後と右は、雑木林に覆われた塚に遮《さえぎ》られる。正面と左には、稲穂が波打っている。

人に見られなかったことで、二人はホッとした。その場にすわり込めば、今後も人目につくことはない。寄り添って腰をおろしたが、清吉もおまちも黙り込んでいる。

「ねえ……」

おまちは顔をそむけて、清吉にもたれかかった。

「うん」

おまちの身体の熱さに、清吉はドキッとなった。

「わたし清吉さんと、深い仲になりたい」

「おまちさんは、まだ十二だろう」

「年なんて、どうだっていいじゃないか」

「あと一年、待てばいいんだ。おまちさんが十三になれば、夫婦になることだって許される」

「わたし、待てない」

「どうしてだ」

「一年のあいだに清吉さん、心変わりするかもしれないもの。それだから、いまここで契《ちぎ》りを結びたい」

「無茶すぎるよ、おまちさん」

「わたしが清吉さんに恋焦《こ》がれているってこと、通じているだろうに……」

「そんな恋心なんて、おまちさんにはわかるのかい」

「わたしの男は、この世に清吉さんしかいない。そうなんだから、二人が睦《むっ》み合っていけないことはないんだよ」

おまちはいきなり、衿を左右に開くように広げた。

小さな椀《わん》を伏せたような二つのふくらみと、微《かす》かに色づいた乳首が、清吉の目の前で可憐《かれん》に震えていた。おまちがそこまで大胆になれるのも、まだ本物の女になっていない幼さのせいだろう。

　しかし、二十の男は白い柔肌《やわはだ》を見せつけられて、早くも自制心を失っていた。清吉は夢中で、おまちの胸のふくらみに触れた。忙《せわ》しく乳首に、唇を押しつける。

「おまちさん」

　清吉は、おまちを抱きしめた。

「清吉さん、嬉しい」

　おまちは清吉の腕の中で、声を出しそうに荒く喘《あえ》いでいた。

　呼吸の乱れがひどいうえに、おまちは熱病にかかったように激しく震えてもいる。

　清吉とおまちは抱き合ったままで、稲穂の中へ倒れ込んだ。こうなると、男女の攻守の立場が逆転する。清吉は攻める側に立ち、おまちの着物の裾を乱暴にまくり上げた。

　おまちは守勢に回り、恥じらいと不安におののくことになる。おまちは両手で、顔を覆っていた。全身の震えが、音を立てんばかりに激しくなっている。

　本能的に恐れを感じてか、おまちの下肢は鉄のように固かった。自分でも、足を動かせないようだった。おまちの太腿《ふともも》を開かせるのに、清吉はかなりの力を要した。

清吉は、身体を重ねた。おまちの胸が清吉を持ち上げるほど、大きく波打っている。おまちの激しい動悸《どうき》が、清吉の身体にも伝わってくる。

おまちの閉じた目が吊り上がって、いかにも苦しそうな表情であった。口を吸い合っても、おまちは息苦しさに長続きしなかった。緊張と不安が極限に達し、十二歳の少女の心臓への圧迫感は、異常なくらいだったのに違いない。

そこへ更に強烈な衝撃が加わればといったことを、清吉にはもちろん考える余裕がない。発情した二十歳の男は、前後の見境《みさかい》がつかないほど興奮していたのだ。

清吉は容赦なく、おまちを強引に貫いた。おまちは、殺されそうな悲鳴を上げた。それは、激痛を訴えるだけの叫びではなかった。おまちの全身が硬直し、手足に痙攣《けいれん》が走った。

おまちの首が、ガクンと揺れた。それっきり、おまちは動かなくなった。声も息も、吐き出されなかった。胸が上下に、波打たなくなっている。心の臓の鼓動も、伝わってこない。

清吉はおまちの頬を、ヒタヒタと叩いた。おまちは苦悶の表情も消えて、眠っているような顔でいる。だが、何の反応も示さない。清吉はあわてて、道の向こうにある小川へ走った。

小川の底に沈んでいる欠けた丼《どんぶり》を見つけて、清吉はそれに水を満たした。畑の中へ戻った清吉は、おまちの顔に水を滴《したた》らせた。口の中へも、水を垂らしてみた。何の効果もなく、おまちは蘇生《そせい》しなかった。太陽は西に没して、夕闇《ゆうやみ》が濃くなっていた。清吉は改めて、おまちが息をしていないことを確認した。

おまちは、死んだのである。夢の中の出来事ではないと、清吉は愕然《がくぜん》となっていた。おまちの死は、自分が殺したということになるのではないかと、清吉は恐怖に駆られた。

清吉の郷里は、下総《しもうさ》の佐倉《さくら》の在だった。いまから、郷里へ逃げ帰ることはできない。やはりいったんは近江屋に戻るほかはないと、夜道を市谷柳町へ清吉は向かったのだ。

「このような次第でございます」

近江屋源七はおのれの罪を詫びるように、尾形左門次の前に両手を突いて平伏《へいふく》した。

こいつは少しばかり難問だと、尾形左門次は胸のうちで本音を洩らしていた。

清吉という若者の告白は、いちおう信じてよさそうである。

いまになって嘘をついたり、誤魔化したりしてもあまり意味はない。まして最も頼りになる主人の近江屋源七が相手なのだから、清吉も包み隠さず話す気になったことだろう。それに清吉の告白には、矛盾も疑問点もなかった。

清吉は、おまちを殺していない。そして、『押して不義』ではなかった。得心のうえでの野合、現代語で言えば和姦である。それも、おまちのほうから誘いをかけて、どうしてもと清吉に迫っている。

現代ならば一種のショック死、急性の心臓機能の停止、心臓麻痺であることが明らかになる。尾形左門次にも、緊張と不安と興奮がおまちを極度に息苦しくさせて、それに激痛を伴う衝撃が加わったために心の臓がとまったのだろうと、見当ぐらいはついている。

だから清吉の話は真実だと、左門次は思う。ただ、そうした真実を知る者は、この世に清吉とおまちの二人しかいないのだ。一方のおまちは、死んでしまっている。死人に口なしである。

残った清吉だけの申し立てとなれば、それを信ずる者はまずいない。罪を犯した者は、大半が嘘をつく。清吉も助かりたい一心で話を作ったと、これで片づけられるに違いない。

この一件を担当している定廻りの辺見勇助は、特にそういう同心であった。これが下手人だと思い込んだら、まず自説を曲げることはない。あらゆる拷問《ごうもん》を用いて、白状させようとする。

それに対抗するには、清吉の申し立ての真実性を証明しなければならない。だが、いったいどこに、そんな証拠らしきものがあるのだろうか。

それが、左門次の本音の難問ということなのである。

「清吉とかいうのは、いまどうしているんだい」

左門次は、溜息《ためいき》をついた。

「はい、蔵の中に押し込めてございます。昨夜から、ずっと……」

源七が、ようやく顔を上げた。

「蔵から出すと、暴れでもするのかい」

「いいえ、そのようなことはございませんが、わたくしの思案が煮つまるまでは、滅多なことをしてもらいたくないと存じまして……」

「だがな近江屋、清吉をいつまでも匿《かくま》っておくわけにはいかねえぜ」

「ですから本日、図《はか》らずも尾形さまがおいでくだすったことを、まことにありが

たく存じております。清吉に事の始末をいかにつけさせるかを真っ先に、お助け
同心の尾形さまよりお教えいただけましょう」

「清吉にどう始末をつけさせるかは、端《はな》から決まっていることだろうぜ」

尾形左門次は、右手で左の肩を揉んだ。

気持ちを整理するつもりなどなかったが、左門次のいつもの癖が出たのである。

「ですからそれを知恵として、わたくしどもにお授《さず》けくださいまし」

近江屋源七は、神に祈るような目つきで左門次を見つめている。

知恵を授けろと言われると、左門次も大いに弱るのであった。そんなにうまい
知恵が、あろうはずはない。左門次が与えるのは、知恵ではなかった。常識的な
忠告なのである。

「自訴《じそ》するのよ」

左門次はあっさりと言ってのけたが、必死でいる源七が気の毒になっていた。

自訴とは、自首することだった。

「自訴でございますか」

果たして期待はずれであったらしく、源七の眼差しが急に熱っぽさを失って
曇った。

「無実の罪ってわけじゃあねえ。おまちの死に、清吉が深くかかわっていることは、間違いねえんだ」

「そのことも重々、承知してはおりますんですが、このままでございますと清吉は、おまち殺しの下手人にされちまうんじゃあないでしょうか」

「だからって清吉が、逃げおおせると思うかい」

「ですから、お助け同心尾形さまのお知恵を、お借りしたいのでございます」

「無茶を言うねえ、おれは御奉行さまじゃあねえんだぜ。とにかくいまのところは、自訴するってことしかねえだろう」

「身を隠していれば、それだけ罪が重くなることも確かなのでございますが……」

「罪が露見せざるうちに自訴いたしたる者、お仕置を軽減することありって、町奉行所にはちゃんと決まりがあるんだ」

「自訴いたしますと、清吉はどうなりますんでしょうか」

「当番の与力の旦那が、清吉の言い分を願書として書き取る。そのときに清吉は殺したわけじゃあねえと、存分に申し開きができるんだ、そのあとは腰縄《こしなわ》付きで、仮牢《かりろう》に入れ置かれるってことになるな」

「わたくしが付き添って、北町奉行所へ駆け込めば、よろしいのでございますね」

「おまちの叔父の奉公先っていうんで、辺見どのが間もなくここへ乗り込んでくるに違いねえ。そこで清吉に目をつけられちまってからじゃあ、自訴しても手遅れってことになるぜ」

「では、急ぎませんと……」

「その前に清吉を、ここへ連れて来ねえ。おれだって、まだ会っちゃあいねえんだ」

左門次は、左の肩を揉み続けている。

「は、はい！」

弾《はじ》かれたように、源七は立ち上がった。

走り去った源七が、清吉を連れて戻ってくるまでに、大した手間はかからなかった。清吉は、源七の背後に半分隠れるようにしてすわり、そのまま縮こまっていた。

たとえお助け同心といわれる左門次でも、町奉行所の同心であることには変わりない。罪の意識のある者にとっては、何よりも恐ろしい存在であった。

顔色も悪いし、ひどく憔悴《しょうすい》している清吉だが、それでもなるほどと感心するくらいの色男である。役者にしたいようないい男と、女はよく言いたがるものだが、まさしく清吉こそそのとおりの美男子だった。

二十という若さなので、まだどこか幼さが残っている。だが、もう二、三年もして男っぽさを漂わせるようになったときには、浮気な女たちが清吉をほうっておかないだろう。いや、町内の娘が二、三人は清吉への恋の病《やま》いで、寝込むに違いない。

いまはまだ、男として頼りない。だから、女たちも何となく見逃している。その代わり、幼い娘にとっては丁度いい。年の釣り合いがとれる幼い娘から見れば、清吉はこのうえない恋の対象となる。

十二歳でも早熟なおまちが清吉に思いを寄せて、身体まで熱くなるほど焦がれたというのも、左門次にはわかるような気がする。しかし、それを奉行所や世間が、理解してくれるかどうかだった。

「清吉、話は残らず旦那から聞いたぜ。おめえが旦那に打ち明けたことには、これっぽっちの嘘偽《いつわ》りもねえだろうな」

左門次はふと気がついて、左肩にある右手を引っ込めた。

「はい、偽りなどございません。旦那さまには、わたしが覚えております限りのことを、ありのまま申し上げました」

　清吉は、震え声で答えた。

「十二の小娘が肌を許したがるほど、おめえに惚れていたってことの証《あか》しになるようなものを、何か持っちゃあいねえのかい。たとえば、おまちがおめえによこした付《つ》け文《ぶみ》とか……」

「おまちさんはまだロクに文字が書けなかったでしょうし、そのようなものはまったくございません」

「またずいぶん、あっさりしているじゃあねえかい。いまのところ救いになっているのは、おまちがおめえの主筋に当たる娘じゃあねえってことだけだ。仮におまちが、この近江屋の旦那の娘であってみろ、おめえは間違いなく、市中引き廻しのうえ獄門だぜ。そうでなくたって、『押して不義』したうえにおまちを手にかけたものと、おめえの罪を御奉行さまがお認めになりゃあ死罪は免《まぬが》れめえ。いまのおめえは、死ぬか生きるかの瀬戸際にあるんだ。何もございませんで、澄ましちゃあいられねえのよ。おい清吉、何か心当たりがねえものか、性根《しょうね》を据えて考えてみろい」

　尾形左門次は、身を乗り出していた。

「そのように申されても、おまちさんの胸のうちを明かすような品物は、何ひとつわたくしの手元にございません」

清吉は、泣き出した。

「おまちは十二歳だが、おめえのことを本気で思っていた。一人前の女並みに、おめえを慕っていたんだ。それで、おまちの身体まで、おめえを欲しがるようになったのよ。おまちが年ごろの娘だったら恥じらう気持ちも強かろうし、女のほうから仕掛けちゃならねえと、手めえを抑えることもできただろう。ところが、そこはまだ未熟な小娘で、男と女の睦み合いがどういうことかも、十分には知っちゃあいなかった。おまちはだからただガムシャラに、おめえと肌を合わせたがったんだろうな。そういうことだったと、おれは信じているぜ。だが清吉、十二歳の小娘が後生《ごしょう》だから身体で契っておくれと、おめえを誘ったんだなんぞと御奉行さまや世間が思うかい」

煙草盆《たばこぼん》を引き寄せて、尾形左門次は一服つけた。

「信じてくださるお方は何人もおいでじゃないだろうと、わたくしも思っております。けれども、わたくしのほうからおまちさんに、押して不義など仕掛けた覚えはございません」

清吉は、声を上げて泣いていた。

「それでも百人のうち九十九人までは、おめえがおまちを無理やり手込めにしたんだってことのほうに、大きく深くうなずくだろうな。これまでにも幼女に押して不義いたし、傷を負わせ候もの遠島という例がいくつもあらあな。三年前にも浅草で行商人が、十一歳になる小娘に押して不義いたし、陰門を破って傷を負わせやがってな。こいつも、三宅島《みやけじま》への遠島となった。おれは何とかおめえの罪を、遠島以下にしてやりてえのよ」

「わたくしも三宅島への流罪《るざい》が決まるくらいなら、お仕置になったほうがまだマシでございます」

「そうだろうな、島送りは死ぬまで地獄だ。ところが、おまちは死んじまっている。おまちが主筋の娘なら、おめえは引き廻しのうえ獄門だが、まあそいつはねえだろう。押して不義いたしおまちを殺したとなりゃあ、おめえは死罪よ。殺してねえが押して不義だけってことなら、おめえは三宅島への流罪だ。押して不義じゃあねえ、おまちに言い寄られてそれに応じたところ、おまちは心の臓に引き付けを起こして、死んじまったことが明らかにされりゃあ……」

「それ、それに当てはまるのでございます」

「だったら、おめえは重追放ですむだろう」

「何とぞ、そのようにお取り計らいを……」

涙に濡れた顔を、清吉は畳にこすりつけた。

「そう取り計らうには何よりも、おまちがおめえに惚れ抜いていたってことの証拠の品が、そろわなけりゃあならねえのよ」

左門次は指先で、キセルを一回転させた。

清吉は近江屋源七に付き添われて、北町奉行所へ自訴して出た。罪を犯した者が露見する以前に、自訴すなわち自首して出れば罪を軽減するという定めは、確かに町奉行所に慣例としてあるのだ。

しかし、清吉の場合にはどれほど、その慣例が活かされたかは不明であった。何しろ清吉は押して不義、それも十二歳の小娘に姦淫《かんいん》を強制し、陰門を破って傷を負わせたうえ、死に至らしめたという重罪の容疑者なのである。

盗みなどとは違って、罪の軽減のしようがないかもしれない。ただ自訴したことで清吉は吟味《ぎんみ》与力に対して、真実を申し立てる機会を得たわけだった。

十一月になって、清吉の罪についての評議が始められた。異例な事件ということで、町奉行だけの独断によるのを恐れたのであった。それだけ清吉の罪は、重大で複雑で難しかったということになる。

寺社奉行、北町奉行、公事方《くじかた》の御勘定奉行《ごかんじょう》と、この三者の協議だったのだ。まず清吉はおまちを殺していない、という点が認められた。

おまちはショック死を遂げたものと、断定されたのであった。清吉への人殺しの疑いだけは、きれいさっぱりと晴れた。ただし、おまちは完全なる自然死だとは、見なされなかった。

清吉が姦淫に及ばなければ、おまちは死ななかったはずである。清吉は直接、手を下していない。清吉は、おまちを殺してはいない。しかし、おまちの死に関して、清吉の責任を免除することはできない。

強姦については、清吉が押して不義いたしたこと明白なり、という断定が下された。したがって、おまちの陰門を破って負傷させたことと、あわせて有罪となった。

これならば判例もあることだし、三宅島への流罪と決定する。ところが、寺社奉行が異論を唱えた。おまちの若き命を散らせる間接的な原因を生じせしめたのだから、その清吉の責任を罪に加えるべきだと、寺社奉行が強硬に主張したのであった。

最終協議の場では、勘定奉行も寺社奉行に同調した。遠島より重くすれば、死罪しかない。町人に科される死刑は二種類あって、軽いほうをゲシニンという。斬首《ざんしゅ》されることに変わりはないが、ゲシニンだと田畑や家財の没収という付加刑を免れる。死骸を刀の試し斬りに、使われることもない。引き廻しのうえ獄門、というのも無関係であった。

十一月の末に北町奉行所で、清吉に対する裁決が下った。清吉が自訴して出たことは神妙だが、それをもっておまちを死なせた責任と、相殺《そうさい》するというところまではいかない。

よって、ゲシニンを申し付ける——。

これを聞いて、尾形左門次は顔色を失った。遠島より重い死罪と、決まったのである。

師走《しわす》を迎えた。

十二月の月番は南町奉行所で、北町奉行所は非番ということになる。定廻り同心には非番がなく、南町も北町も年中無休で御用を務めている。

しかし、尾張左門次のような高積見廻りは、非番になると江戸市中の巡回を停止する。その月は、書類が相手の仕事であった。休みにはならないが、暇ができる。

それで左門次は、口実を設けては北町奉行所を抜け出す。行く先は、牛込の七軒寺町と早稲田町の一帯である。七軒寺町では千手院門前町の『和田屋』を中心に、おまちの話を多くの人たちから聞き込む。

早稲田町では、生前のおまちを見かけたことがないかどうかを、住人ひとりひとりに尋ねて回る。木枯らしが吹きすさぶ季節で、寒さに震えながらの聞き込みは苦痛でさえあった。

それに世間というものは、過去のこととなるとひどく冷淡だった。清吉のお仕置が決まり、おまちの四十九日もとっくにすぎた。人の噂も七十五日というが、それ以上たっているのだから、世間はまるで無関心である。

そのうえ左門次は毎度、同じことを聞いて歩く。聞かれるほうも、うんざりする。すっかり熱が冷めていることなのに、同じ質問を繰り返されてはやりきれない。

土地の人間たちは、左門次の姿を見かけると、すっと横丁へ逃げたりするようになった。あるいは愛想笑いを浮かべながら、家の中へ急いで身を隠してしまう。

当然、左門次には何の収穫もない。常に骨折り損で、手がかりも情報も得られずに、左門次は帰途につく。しかし、左門次は必死であり、執念に燃えていた。意地でも諦《あきら》めないと、牛込へ通い続ける。

やがて、師走も押しつまる。江戸各地の年の市が、次々に開かれては終わりを告げる。十二月二十日からは、お歳暮に回る人々が多くなる。二十六日をすぎると、続々と門松《かどまつ》が立つ。

だが、左門次は懲《こ》りずに、牛込へ足を向ける。十二月二十七日は、朝から雪になった。それでも昼すぎになって、左門次は早稲田町に姿を現わした。

左門次は傘もささずに、降りしきる雪を全身にかぶっていた。話を聞く相手が見つからないまま、左門次は早稲田町を西に歩いた。高田馬場への方角である。

水稲荷と穴八幡のあいだを抜けると、一面の銀世界が眼前に広がる。おまちが死んだ場所も含めて、遠くまで続く畑が雪に埋まっている。人の往来がないので、荒らされずに雪が積もるのだった。

左門次は、右への道をたどった。もう高田馬場まで、民家は一軒もない。音もなく降る雪なのに、なぜかこの世を静まり返らせる。そうした静寂の中から、数人の男の怒号《どごう》が聞こえてくるのを、左門次は耳にした。

右側に、小さな森がある。杉木立がそのあいだに、細い道を作っていた。そこだけ、積雪量が少なくなっている。樹木が雪を防いで、自然に細い道を浮き上がらせていた。

左門次は、それに足を踏み入れた。すぐに石造りの鳥居を、くぐることになった。鳥居の手前に石塔があって、早稲田町天神という文字が彫り込まれている。天神さまの細道の両側に広がる杉林の中を、十数人の男たちが雪を蹴散らして走り去った。いずれも必死の面持《おもも》ちだし、逃げて来た男たちである。

何やら騒ぎがあったのだと、左門次は足を早めた。広場のような場所に出たが、そこが天神さまの境内なのに違いない。正面の奥に、神殿だけがポツンと建っている。

神殿まで雪に埋まって、石畳が続いているようだった。ほかには、何もない。石畳の左右に梅林とまではいかないが、三十本ほどの梅の木が雪をかぶっていた。さびれた天神さまというか、忘れられたも同然の祠《ほこら》である。梅でも咲かない限り、普段は人の気配もないのではないか。参詣人の足が絶えて久しいという感じであった。

左門次の目の前にもうひとつ鳥居があり、打ち込まれた杭《くい》には『わせだまちてんじん』と仮名文字が残っている。更に三人の男が、左門次をにらみつけていた。

三人とも、雪の中で白い息を吐きながら、肌脱ぎになっている。そろって、みごとな彫り物を見せつけていた。人相も悪いし、筋金入りの遊び人といったところだろう。

「おめえたちは毎度そこの神殿を賭場《とば》にして、この一帯の堅気衆《かたぎしゅう》を集めちゃあ、ケチな博奕《ばくち》を打たしていやがるんだろう。胴元、中盆、壺振りと三人おそろいかい」

男のひとりがサイコロ入りの壺を持っているのを見て、左門次はからかい半分に言ってやった。

男たちは、黙っている。

「ところが、いまはイカサマを見抜かれたことから騒動になり、客に残らず逃げられたってわけだ」

左門次は、ニヤリとした。

「ここは、寺社奉行のご支配地ですぜ」

真ん中の男が、強気に出た。

「わかっていらあな。まして、おれは定廻りでもねえ。だがな、おめえたちに尋ねてえことがあるんだ。ここで何度も、小娘を見かけたことはねえかい」

左門次は、顔から笑いを消した。

男たちは、答えようとしない。とたんに左門次は、腰を落として抜刀《ばっとう》した。左門次の刀は降る雪を切断するように、電光の速さで空中を自在に躍った。

男たちが悲鳴を上げて、雪のうえにすわり込んだ。三人の男の胸にそろって、大きな×印が赤い線で描き出された。傷は二ミリ程度と浅いにしろ、血は流れることになる。それが鮮やかに、赤く雪を染めて滴《したた》り落ちた。

「願掛けにやってくる小娘なら、何度となく見かけておりやす！」

真ん中の男が泣きそうな顔で、左門次を見上げた。両側の二人はただペコペコと、鼻を雪の中に埋めていた。

「ありがとよ」

左門次は、刀を鞘《さや》に戻した。

三人の遊び人は、這《は》いずったり転んだりしながら、一目散に逃げ去った。おまちはやはり願掛けに、この天神さまへ通って来ていたのだ。

おまちは願掛けをするのに、どうしてここを選んだのか。左門次は眼前の仮名文字、『わせだまちてんじん』をじっと見守った。やがて左門次は、奇妙な符合に気づいた。

『わせだまち』から『せ』を取り去ると、『わだまち』になる。『わだ』は、おまちの家の『和田屋』という屋号と一致する。『まち』は、おまちの名前そのままである。

取り去った一字は、清吉の『せ』の字に当てはまる。和田屋のおまちが清吉と一体になる、という意味に受け取れば、それはおまちの願望を表わすのであった。

そのために、おまちは早稲田町天神を選んで願掛けに通った。そうに違いない、と左門次は勇を得ていた。しかし、それだけではとても、清吉とおまちの和姦の証明にはならなかった。

何か、証拠の品が必要である。左門次は、八幡造りの神殿に近づいた。欄干《らんかん》のついた回縁《まわりえん》が左右に通じ、正面の階段をのぼると三面の格子戸《こうしど》が並んでいる。

その格子戸の穴のひとつひとつに、折り畳んだ紙が結びつけてあった。願い事を紙に記して、願掛けとしたものである。左門次は結び目をほどいて、一枚の紙を広げてみた。

筆の文字が書いてあるが、あまりにも幼く金釘《かなくぎ》流だった。『せいきちをとこ、まちをんな』と読めた。清吉男、まち女。おまちの願掛けに、間違いなかった。

「あった！」
左門次は、大きな声を出した。
次々に、願掛けの紙を広げる。どれもこれも、おまちが書いたものであった。
願掛けというよりは、内容がおまちの願望になっている。
おまちがかなり早熟であり、一人前の性欲から一途に燃えていたことを裏付けて、驚くほど色っぽいものがほとんどだった。
せいきち、まちいのち（清吉、まち命）
はだをふれれば、せいきちまちめをとのちぎり（肌をふれれば、清吉まち夫婦の契り）
せいきちに、はやうみをまかせたい（清吉に、早よう身をまかせたい）
せいきちとまちのともねは、ゆめばかり（清吉とまちの共寝は、夢ばかり）
てんじんさん、せいきちとまちにこひのぬすみをさせたまへ（天神さん、清吉とまちに恋の盗みをさせ給え。＝恋の盗みとは、密会あるいは逢引《あいび》きの意味）
だいたい種類はこの程度で、あとの願掛けの紙には同じことが繰り返し書かれている。左門次が呆然《ぼうぜん》とさせられたのは、神殿の三面の格子戸に結びつけられていた願掛けが、すべておまちのものだったことである。

その数は、八十九枚に達していた。おまちが清吉への恋に身を焦《こ》がした期間を、半年と考えても大した執念といえる。おまちは一日置きにこの早稲田町天神へ、願掛けに通ったという計算になる。

左門次は雪の中を走って、北町奉行所へ戻った。その夜のうちに左門次は、定廻りの辺見勇助に八十九枚の願掛けの紙を見せた。辺見勇助も、大いに関心を示した。

刑事事件について、重要な新事実をつかんだのであった。それはある意味で、刑事事件の解明を職務とする定廻り同心にとって、手柄にもなり得るのだった。だから辺見勇助は、目を光らすことになる。高積見廻りの左門次など、出る幕ではなかった。したがって手柄になれば、辺見勇助がそれを独り占めにできる。

「まさしく、恋の一念だ」

辺見勇助は、八十九枚の紙を大事に扱っていた。

「これを見つけたのは、辺見どのってことにしておきましょう。この尾形には、かかわりなしです。あとは、辺見どのが存分に、これを活かしていただきたい」

左門次はそのように、辺見勇助をけしかけた。

「承知した、まかせてもらおう」

辺見勇助は、早くも張り切っていた。

年が明けて、文化十五年を迎えた。四月二十二日をもって、文政元年となる年であった。新年早々に辺見勇助は、年寄役同心のところへ話を持ち込んだ。

年寄役同心はいかが扱うべきか、支配役与力に伺《うかが》いを立てる。支配役与力は、清吉の罪状を覆《くつがえ》す手がかりと判断した。すでに、清吉の処刑は決まっているのだ。

町奉行の裁量で刑を執行できるのは、遠島までの罪である。死刑となると町奉行は、老中に書類で申請する。老中がそれを妥当と認めれば、将軍の裁可を仰《あお》ぐことになる。

将軍が書類に裁可の印を押すと即刻、死刑は執行される。将軍家はいつ、裁可印を押すかわからない。今日にでも裁可印が押されれば、もはや手遅れであり、清吉は確実に斬首となる。

支配役与力はあわてて八十九枚の願掛けの紙を、北町奉行永田備前守正直のもとへ届け出た。永田備前守も事の重大性を認めて、直《ただ》ちに『再吟味』を老中に上申《じょうしん》する。

老中阿部備中守正精《あべびっちゅうのかみまさきよ》が、再吟味を許可した。急遽、寺社、北町、公事方勘定の三奉行が、評定所《ひょうじょうしょ》において合議にはいった。老中が許可した再吟味なのだから、従来と同様の裁決を下すわけにはいかない。

三奉行の合議は、緊迫の度を加えた。

何といっても、八十九枚もの紙に書かれた願掛けの内容が、ものを言う。どうしても清吉に抱かれたいというおまちの願望が、具体的に率直に記されているのだ。

しかも、その思いを八十九枚の紙に書いて、八十九回も願掛けに早稲田町天神へ出向いている。そうなると十二歳の少女の淡い恋心ではなく、女の燃えるような情念と変わらない。

おまちは一途に、清吉との情交を求めていた。情交がいかなるものかはよく知らなかったにしろ、おまちが清吉に抱かれたいという欲望を、断ち切れずにいたことは否定できない。

おまちが積極的だったことの証明であり、それだけでも押して不義（強姦《ごうかん》）という想定は成り立たない。おまちのほうから清吉を誘い、稲畑の中でみずから身体を開いたことを、八十九回の願掛けが立証している。

これが、三奉行による合議の新しい結論、ということになる。前回の押して不義という判断が、完全に取り下げられたのであった。強姦が和姦に一変すれば、罪も軽減される。

そして、おまちに情交をせがまれて誘惑に負け、二十歳の清吉が分別を失ったのはやむを得ないと、三奉行は理解を示した。

おまちに、婚約者はいない。清吉の主人の娘でもない。そういうことなので、和姦罪にも問われなかった。清吉の罪は、おまちを死に至らしめたことだけとなった。

しかし、それも過失殺人ではなく、過失致死ということになる。その過失致死も、責任の半分はおまち自身にある。更に清吉が自訴《じそ》したことでも、罪の軽減が認められた。

三奉行は清吉の刑を、軽追放が相当と判断した。軽追放は江戸十里四方、京・大坂、日光、東海道筋、日光街道筋に居住させない刑であった。

以上のような三奉行の裁断を、老中阿部備中守も諒承《りょうしょう》した。ところが、それに加えて奇跡ともいえる幸運が、清吉に味方したのだ。この年の一月に、三代将軍家光の日光廟《びょう》の改修が決まった。

次いで三月には、寛永寺《かんえいじ》の諸廟《しょびょう》も修理されることになった。ついては日光山と寛永寺で、大法要が執り行なわれる。そのための恩赦《おんしゃ》が、清吉にも及んだのである。

清吉は軽追放から、門前払いに減刑された。門前払いは町奉行所の門前から、追い払われるだけのことであった。無罪放免と、実質的には変わらない。

ただ、おまちの死と情交は事実なので、清吉は市谷・牛込にも近江屋にもいられない。下総の佐倉の在にある実家へ、清吉は帰ることになった。

「ご恩は生涯、忘れません」

左門次との別れで、清吉は泣き続けた。

「やるだけのことをやったまでよ」

桃の節句も間近い春まっ盛りの青空を、お助け同心尾形左門次は細めた目で見上げた。

第二話　不倫の危機

いよいよ、不倫な関係を結ぶときが来た。誰だろうと緊張するし、不安を感じないではいられない。そのスリルが刺激的だなどと、厚かましいことは言っていられない。

現代のように、刑法に触れない不倫とは違うのだ。この時代の不倫は、姦通罪《かんつうざい》に問われる。しかも、刑が重い。姦通罪は、死刑であった。

山崎屋和助《わすけ》は、二十八歳で独身。

おさとは、二十三歳の人妻。

この男と女が肉体関係を持てば姦通罪で、二人とも死罪になる。また、二人の姦通の場をおさとの亭主が発見すれば、両者を殺しても差し支えないことになっている。

亭主は姦夫と姦婦を、「二つに重ねておいて四つにする」ことを、法律によって許されているのであった。

　死刑になるか殺されるかで、いずれにしても恐ろしい。だが、いつの時代でも男女間の情念には、やむにやまれずというものがあって、思いを遂げずにはいられない。

　山崎屋和助とおさとの場合も、ついに恐怖や不安を乗り越えることになった。今夜こそ八年来の思いを結実させて、肌を合わせようと二人は決意したのだ。

　二人が睦《むつ》み合う場所は、おさとの住まいしかなかった。暗くなるのを待って、和助は適当な口実のもとに『山崎屋』を出た。南茅場町《みなみかやばちょう》の東寄りにある山崎屋から、南新堀町《みなみしんぼり》まではすぐだった。

　霊岸橋《れいがんばし》を渡って真っ直ぐに進み、南新堀町一丁目と二丁目のあいだへ素早く右折する。その横丁の左側に、『湊屋《みなとや》』という小さな瀬戸物屋があった。

　和助は人の目が光っていないかどうか、あたりを見回す。闇《やみ》の中に、動くものはない。湊屋の潜《くぐ》り戸《ど》をあけて、和助は飛び込むように店内へはいる。

　手燭《てしょく》を持って待ち受けていたおさとが、急いで潜り戸を閉じる。心張棒《しんばりぼう》で、戸締まりを厳重にする。手燭の明かりを頼りに、二人は店の奥へはいる。

　女の住まいという匂いのする部屋へ、おさとは和助を案内する。行燈《あんどん》に火を移すと、部屋の中が明るくなった。そこには夜具がのべてあり、箱枕が二つ並んでいる。

それに目をやって、和助はあわてて背を向けた。おさとも赤くなって、顔を伏せている。女とすれば露骨に、夜具や二つの枕を用意したりはしたくない。だが、時間がないとなれば、気取ってはいられなかった。それだけが目的みたいだが、事実そうなのだから仕方がない。おさとは、そのように割り切った。

和助がここにいられるのは五ツ半、九時までがせいぜいである。あと二時間しかない。貴重な時間を少しでも無駄にすまいと、おさとは前もって夜具をのべておいた。おさとのその大胆さは、今宵《こよい》こそはどうしてもという決心の表われでもあった。

男は追いつめられたような気分でいるし、女の切羽詰《せっぱつ》まった思いである。しかし、いまのこの部屋は、二人だけの世界だった。家の中へ、侵入してくる者はいない。

いつもなら、幸吉《こうきち》という十六歳の小僧がいる。湊屋のただひとりの奉公人であり、この家に寝泊まりしていた。だが、今日は一月十六日、藪入《やぶい》りであった。

藪入りは年に二回あり、それが当時の奉公人の定休日と決められていた。この日の奉公人たちは、親元へ帰ることになっている。特に幸吉のような少年は、そうだった。

親の待つ実家へ、いそいそと帰っていく。幸吉の実家は、王子稲荷《おうじいなり》で知られる飛鳥山《あすかやま》の麓《ふもと》にある。十八日に戻っておいでと、おさとは今朝暗いうちに幸吉を送り出した。

珍しくも休みを三日も与えたのは、和助と二人きりの世界を余計に作りたかったからだった。今夜もそして明日の晩も、和助と熱いときを過ごすことができる。とにかく幸吉は、明後日までこの家にいない。おさとの亭主の又作《またさく》が、いきなり戻ってくるということも、まずはあり得なかった。この機会を、どうして逃せようか。

和助とおさとが身体で交《まじ》わるのは、夢でも想像でもなくて現実のことなのだ。時間がないので、急がなければならない。自分を勇気づけるには、酒の力を借りるといい。

とても、ゆっくりとは飲んでいられない。おさとが二つの茶碗に、徳利の酒を注《つ》いだ。和助は立て続けに三杯、おさとは一杯だけ茶碗酒を飲んだ。

身体の芯まで、カッと熱くなる。気が大きくなって、不安も恐怖も薄れていく。

代わりに、充足感が広がる。酒はついでに、男女の欲情にも火をつける。

「おさとさん……」

和助がおさとの肩に手を回して、やや乱暴に抱き寄せる。

「若旦那……」

おさとは震えながら、和助の胸にすがりついた。

「若旦那は、やめておくれ。いまのわたしは、山崎屋の主人《あるじ》なんだからね」

和助はおさとの耳に、息を吹きかけた。

「おさとさんなんて、さんを付けるんだって水臭いじゃありませんか」

身悶《みもだ》えて、おさとは甘えた。

「だったら、おさとと呼ぼう。その代わり、そっちもお前さんと呼んでおくれ」

「いくら何でも、お前さんって呼ぶのは……。まるで、夫婦《めおと》みたいだもの」

「いいじゃないか、近々、祝言《しゅうげん》を挙げることになるんだよ。そうすれば、わたしとおさとは本物の夫婦じゃないか」

「ほんとうにそうなればいいんだけど、いまはまだ夢のような話ですよ」

おさとは、うっとりと目を閉じた。

「現にわたしたちは、こうして……」

和助はおさとの顔に、唇を近づけていく。

口が触れ合った。おさとが、ギクッとなる。和助も身体が、彫像のように固くなっている。何しろ八年間、待ちに待った瞬間なのである。

「あっ……」

唇が重なったとたんに、おさとが声を洩らした。

和助の舌が、割り込んでくる。それを恐る恐る迎えて、おさとも舌を絡ませる。

おさとの全身の震えが、熱病にかかったように激しくなる。

あとは無我夢中で、舌を吸い合った。おさとはおずおずと、両手を和助の背中へ回す。和助の右手が衿《えり》の奥へ滑り込んで、おさとの胸のふくらみと乳首に触れる。

なぜ八年前に、こういう仲にならなかったのか。そんな思いが頭をかすめて、おさとは悔しさを覚える。八年前は和助が二十で、おさとは十五であった。

その年の春の宵、霊岸島浜町の大神宮の境内で、和助とおさとはいつか必ず夫婦になることを誓い合った。大神宮の境内に人の気配はなく、夜桜が春風に散っていた。

神楽殿《かぐらでん》の裏へ回れば、人の目につくことは絶対になかった。神楽殿の裏では、口を吸い合うこともできた。いや、男女の交わりだろうと、不可能ではなかった。

しかし、二人は抱き合うこともなく、手を握っただけで別れた。二十の若旦那と十五歳の生娘《きむすめ》には、肉体の結合までいこうとする勇気がなかったのだ。

どうしてあのときに――と、いまになって悔やまれる。生娘でなくなっていれば、又作と夫婦になってもすぐ離縁になっていただろう。それに生娘の身体で、和助のものになりたかったと、残念でならない。

そのころのおさとは、霊岸島町の実家に住んでいた。霊岸島町は、瀬戸物屋の多い町であった。おさとの実家も瀬戸物屋で、そこの三女として生まれている。

又作は、おさとの家の奉公人だった。おさとの父親がたいそうお気に入りで、手代の又作を実の息子のように可愛がっていた。その父親が、とんでもないことを思いつく。

おさとに言わせるととんでもない思いつきなのであって、世間一般の常識からすれば当たり前なことであった。父親は又作とおさとを、夫婦にしようと考えたのだ。

おさとと夫婦にしたうえで、又作には店を持たせてやる。そうした話を、父親は又作に持ちかけた。又作に異存があろうはずはなく、感謝と喜びに頭を下げるばかりであった。

顔色を変えたのは、おさとのほうである。だが、自由恋愛は原則として許されないし、娘がみずから結婚の相手を選べない時代だった。

まして親が決めた縁談となれば、娘は絶対に首を横に振れなかった。おさとは泣く泣く、又作の嫁になった。おさとは十七、又作が二十五のときであった。

おさとの父親は約束どおり、自分の家業と同じ瀬戸物の店を又作に持たせてやった。瀬戸物屋なら、又作も商売に精通しているからである。

霊岸島町からさして離れていない南新堀町二丁目に、店とその奥の住まいが用意された。もちろん、おさとの実家のように問屋ではなく、小売り専門の小さな店だった。

店に置かれる品も、安い瀬戸物ばかりであった。生活必需品として、おかみさん連中が瀬戸物を買いにくる。仕入れが安くすむので、売る品物の値段も安い。

湊屋とは、そういう瀬戸物屋といえた。小さい店だから夫婦で働けば、奉公人はひとりいたら十分である。新所帯に慣れると、おさとはよく働いた。

しかし、又作となると、そうはいかなかった。小さな瀬戸物屋では、いくら繁盛しようが高《たか》が知れている。そのうえ、まったく同じような一日が延々と続くのだった。

三年もすると、又作は商売に身がはいらなくなった。店にも出ないで、ブラブラしている。怠《なま》け者に、なりきってしまった。又作は、商売にもおさとにも飽きたらしい。

翌年、おさとの父親が死ぬと又作は、いっそう図に乗って歯どめが利かなくなった。碁《ご》を覚えたのはいいとしても、賭け碁に熱中して、又作は家にいることがなくなった。

しかも賭け碁に負けてばかりで、又作の借金はふくれ上がる一方だった。その借金の取り立てから逃げ出すように、又作はお伊勢参りにいくということになった。

お伊勢参りに、反対するわけにはいかない。あきらめ半分に、おさとは路銀《ろぎん》を作ってやった。それだけではなく、おさとが貯めた金までふんだくって、又作は旅立った。

それは、去年の三月半ばのことだった。又作には、呉服問屋の『松坂屋』の若旦那が同行した。松坂屋は京橋南伝馬町《みなみてんまちょう》にあって、かなり大きな呉服問屋である。

そこの若旦那の正太郎《しょうたろう》は、碁の仲間で又作と大の仲よしであった。又作がお伊勢参りに行くと聞いて、それなら二人旅で道中を楽しもうと、正太郎も乗ったのだという。

江戸から伊勢神宮まで、東海道と伊勢街道の往復になる。物見遊山《ものみゆさん》の旅なので、あちこちに引っかかる。それでも四月いっぱいには、江戸へ帰るだろう。

そう言い置いて、又作は出かけた。おさとは、四十五日間の独り住まいになる。それでも、幸吉がいてくれる。昼間は客の相手をするので、気が紛《まぎ》れる。

おさとは幸吉と二人で、一生懸命に働いた。商売に精を出せば、寂しさを忘れるし、退屈もしない。それに又作とおさとの夫婦仲は、すでに冷えきっているのだ。

長く留守にされようと、亭主が恋しくなるはずはない。むしろ又作がいないほうが、心配事がなくて気持ちがせいせいする。

そんなとき、おさとは和助と再会した。

又作と夫婦になってから、おさとは和助と何度となく顔を合わせている。だが、それは道ですれ違った場合に限られていた。互いに、頭を下げることになる。

言葉を、交わしたことはない。相手の目を避けるために、顔を伏せてすれ違う。申し訳ないという思いと悲しみに、おさとは胸のうちを熱くする。

二人で向かい合ったり話し込んだりという再会は、このときが初めてであった。五月の節句に備えて人形市が立つ四月二十日の昼下がりと、おさとは記憶している。

不意に和助が、店の中へはいって来たのだった。幸吉は、おさとの実家へ出向いている。客の足が途切れて、初夏の日射しで明るい店内に、おさとはひとりきりでいた。

「あっ……」

目がくらんだように、おさとはクラクラッとなった。

「たまたま前を通りかかって店の中へ目をやると、おかみさんの姿が見えたので、ついフラフラとはいって来てしまいましたよ」

照れ臭そうに、和助は笑った。

「どうしましょう、わたし……」

ドギマギして目のやり場に困り、おさとは身体のどこかがカッと熱くなるのを感じた。

「すっかり、おかみさんらしくなっちまったけど、顔は少しも変わりませんね」

和助はじっと、おさとを見つめた。

「若旦那こそ……」

　おさとは、顔を赤く染めていた。

「わたしはもう、若旦那ではありませんよ。いまはどんなことでも、わたしの意のままにできます。たとえば女房選びにしたって、わたしが誰をもらおうと文句をつける者はおりません」

　和助の父親は二年前に病死して、線香問屋の山崎屋は和助の代になっている。山崎屋の主人らしい貫禄、旦那の風格も感じられて、頼もしい和助になっていた。

「それなのにどうして、おかみさんをおもらいにはならないんです」

　そんなことを言えた義理かと、おさとは急に悲しくなっていた。

「決まっているでしょう。いまだにおさとさんのことが、忘れられないからですよ」

　囁《ささや》くような声で、和助は言った。

「わたし、とてもせつなくて……」

　動悸《どうき》の激しさに心臓が苦しくなり、甘い悲しさにおさとは泣き出した。

　数日後、悪い知らせが届いた。

　又作と正太郎はお伊勢参りの帰途について、すでに三島から箱根山への山道にさしかかっていたのである。ところが、寂しいことで知られる塚原《つかはら》で、二人は盗賊に襲われたのであった。

正太郎は斬殺《ざんさつ》され、持ち金を奪われた。又作のほうは逃げたが、盗賊がそのあとを追っていった。又作の行方は見当のつけようがなく、無事に逃げたかどうかもわからない。

この驚くべき異変をおさとに知らせたのは、駿河《するが》の藤枝《ふじえだ》から出て来て江戸についたばかりという二人の浪人だった。南伝馬町の松坂屋に寄ってから、南新堀町二丁目へ来たらしい。

二人の浪人は箱根の山道で、いっさいを目撃したのだという。離れたところから駆けつけたので間に合わず、又作と盗賊が走り去ったあとだった。

正太郎の死骸だけが、草むらの中に転がっていた。その近くに二枚の手形が落ちているのを、浪人たちは見つけた。正太郎と、又作の手形であった。

又作と正太郎が大家さんの証明による関所手形と、菩提寺《ぼだいじ》に発行してもらった諸国の寺院あての手形と、二種類もっていたことは、おさとも知っている。

二人の浪人が見つけたのは、菩提寺が出してくれた手形であった。それがあると旅先で死亡した場合、どこの寺院だろうとあらゆる手を打つことになっている。

その手形に目を通して、又作と正太郎の名前や身元が、二人の浪人にもわかったのだ。正太郎の遺骸は、三島の西運寺《せいうんじ》が引き取って埋葬することになった。おさとは謝礼として、浪人たちに二分金を包んで渡した。又作の死は確認されていないので、大騒ぎをしてはみっともない。おさとは、知らせるべきところに知らせるだけにした。

松坂屋のほうは、大混乱だと聞いた。二人の浪人が凶報《きょうほう》をもたらしたあと、西運寺が松坂屋の菩提寺へ正太郎の死を知らせて来た。西運寺へ赴《おもむ》いたときにはついでに出頭せよと、伊豆代官所の三島陣屋からも連絡があった。

松坂屋の主人は、番頭以下の奉公人を四、五人も連れて、急ぎ三島へ向かったという。そうした騒ぎを、おさとは傍観者のような目で眺めていた。

又作の行方不明が、まだピンと来ていない。あるいは、無関心でいるのかもしれない。それどころか、これっきり又作が戻ってこなければいいのに、という期待感がおさとの胸にはあるのだった。

商売も、休まなかった。一日中おさとは店にいて、相変わらずよく働いた。不安や心配の色を隠していると、同情してくれる女客が多かった。

しかし、おさとは楽しくて、いつも胸を弾《はず》ませている。五日に一度は必ず、和助が店に姿を見せるからであった。おさとは改めて、和助と恋をする女になっていた。

夏がすぎて、秋が訪れた。和助とおさとは、怪しまれない程度に話し込むようになった。やがてそれは、恋の語らいとなって互いに、苦しい胸のうちを訴えた。

冬の季節になって、新年を迎えた。去年の五月一日をもって又作の行方不明が認定されてから、十カ月目にはいったのである。


息苦しさに、おさとは唇を離した。おさとは和助に、しなだれかかった。そうしないと骨を抜かれたように、身体が崩れてしまいそうになるのだ。

「もう、駄目……」

これ以上は我慢できないと、おさとはゆらゆらと首を振った。

こんなに激しく喘《あえ》ぐものなのかと、おさとは自分に驚いていた。とにかく、火を押しつけられたように股間が熱くなっている。身体の花芯のあたりが、甘美に疼《うず》くように脈搏《う》っていた。

和助が、おさとの乳首を吸い始めた。おさとの尻が、自然に弾む。とても耐えられないような刺激が、おさとの欲望の蜜をかき回す。おさとの上体が、うねるように揺れた。

「あれ、ああ、あれ……！」

はしたない声を出したと、おさとはあわてて口を押さえた。

だが、すでに恥ずかしさを、感じないおさとになっていた。われを忘れるとは、このことだろう。おさとは大きくのけぞって、みずから夜具のうえに倒れ込んだ。

仰向《あおむ》けになってからも、手足が忙《せわ》しく動き続ける。着ているものの裾が割れて、おさとの痙攣《けいれん》する下肢《かし》が覗いた。和助が更に裾を大きく広げて、帯のすぐ下まで着物の前を開いた。

おさとは腰をよじって下腹部の茂みを隠したが、行燈の火を暗くしてくれといった注文はつけなかった。おさとは頭の中が甘く痺《しび》れていて、思考力も働かなくなっている。ただ眉根《まゆね》を寄せて、喘いでいるしかないのだ。

おさとの雪のように白い内腿《うちもも》に、和助が感慨をこめて舌を滑らせている。おさとはもう十一カ月以上も、男を受け入れていない。そのせいか初めてのように新鮮であり、より強烈に刺激的でもあった。

そのときが来た。

八年かかって、本懐を遂げるように感動的だった。生娘の身体でないことが残念だが、その代わり男を満足させられる熟れた女にはなっている。和助が、身体を重ねて来た。おさとの熱い部分に、同じように熱い和助のものが触れる。

和助がおさとを徐々に貫き、おさとの濡れた花芯が和助を押し包む。そうした一瞬を迎えて、おさとは気が遠くなった。いまなら、死んでもいいと思う。

おさとは素早く、用意しておいた手拭《てぬぐ》いを口の中へ突っ込み、それを前歯で嚙みしめた。大声を出さないために、女はそうすることになっている。

ただし、それでも女悦《にょえつ》の声は、消しきれるものではない。声を殺す程度であった。身体が引き裂《さ》かれるような快美感に、おさとは何度も叫び声を上げた。くぐもった声が、苦しそうにあたりに散った。間もなく和助の精気が、おさとの中に放たれるのを感じた。おさとの願いは、八年目に成就《じょうじゅ》したのである。

和助の身体がおさとの横に転がり落ちたが、二人はそのまま抱き合って動かずにいた。この人を、失いたくない。もしかして、又作が戻って来たらどうしようと、おさとは不安になった。

「もう半月、待ったほうがよかったのだろうか」

和助が、つぶやくように言った。

和助も冷静になったことで、おさとと同じような不安を抱いたのである。いま又作が戻ってきたら、和助とおさとは姦通罪に問われて死刑になる。

だが、あと半月ほど待って二月を迎えれば、姦通罪でも不義密通でもなくなるのだ。又作は去年の五月一日付けで行方不明になったものと、伊豆代官の三島陣屋によって正式に認定されている。

来月を迎えると、まるまる十カ月が経過することになる。現代の失踪《しっそう》宣告は七年だが、江戸時代はたったの十カ月であった。夫が行方不明になって十カ月がすぎたら、妻はそのことを五人組に申し出る。

地主や大家によって構成される五人組が、それを事実として確認すれば、そこで失踪宣告が成立する。つまり妻は独身者に戻り、再婚も自由ということになる。

いまではまだ姦通罪で死刑、来月になれば、和助とおさとは晴れて夫婦にもなれる。大した違いであり、この半月はまさに地獄か極楽かへの分かれ道だった。

それだけに、焦燥《しょうそう》と恐怖を覚える。幸福と悲劇の両方が、眼前に迫るようなものである。おそらく明日から来月までは、一日が一年にも感じられるに違いない。

「まさか、いまになって戻ってくるなんて……」

おさとは、和助の太腿に手を伸ばした。

和助から引き離されるのであれば、死んだほうがいい。そう思うと、女は度胸がすわる。又作は絶対に戻らない、という信念を持つ。いまのおさとにはむしろ、明晩のことのほうが大事であった。

「お前は、わたしのものになったのだし、いまさら夢だったなんてことにはしたくない」

和助は、おさとの口を吸った。

「そうですとも。ねえ、お前さん明日の晩もきっと、来てくださいね」

和助をお前さんと呼べたことで、おさとは陶然《とうぜん》となっていた。

翌日の夜も暗くなるとすぐに、和助はおさとの住まいへ忍んで来た。昨夜よりも更に二人は、狂おしく燃えて求め合った。夜具をのべるのも、待ち切れなかった。

二人は抱き合ってすわり込み、口を吸いながら畳のうえで身体を重ねた。結合してからの激しい動きに、おさとは背中の痛みも感じなかった。手拭いを嚙むのも忘れて、おさとは存分に女悦の声を放った。

しかし、そのときあり得ないと信じていた恐怖の悲劇が、実際に起きたのであった。

ドスンと、大きな音が響いた。心張棒が支《か》ってある店の切り戸を、強引に蹴破《けやぶ》った音だとわかった。狭い店を突っ切れば、すぐに奥の住まいへ飛び込むことになる。

ひとつになったまま、ぐったりとなっていた和助とおさとは愕然《がくぜん》となった。だが、和助が上体を起こすのがやっとのことで、身繕《みづくろ》いをする暇もなかった。

隣の部屋に、男の影が立っていた。紛《まぎ》れもなく、又作であった。三角形に見える網代笠《あじろがさ》をかぶり、筒袖《つつそで》の道中合羽《どうちゅうがっぱ》、手甲脚絆《てっこうきゃはん》に草鞋《わらじ》ばきという旅姿である。

去年の三月に出発したときと、変わらない格好だった。たったいま江戸についた又作は、その足で真っ直ぐ南新堀町のわが家を、目ざして来たのに違いない。

おさとは、弾《はじ》かれたように飛び起きたが、間に合うはずもない。おさとの着物の乱れようはひどく、太腿まで露出している。開かれた衿元から乳房がこぼれ出ていた。

おさとの丸髷《まるまげ》も、崩れかけている。和助は和助で、下半身をはだけていた。そうした男女の姿は、情事を終えた直後であることを、どうにも否定しようがなかった。

あいにくと、行燈がつけっぱなしだった。何ひとつ、隠しようがない。和助とおさとは惨《みじ》めにも、又作の憎悪の視線を浴びながら、身につけたものの乱れを改めなければならなかった。

「何だ何だ、このザマは……！」

又作は、大声を張り上げた。

そう問われて、どのように答えるべきか。和助とおさとは言葉を失い、真っ青になって震えているより仕方がなかった。ついさっきまでの極楽が、地獄に一変したのである。

「お前たちがむかしから惚れ合っていたってことは、世間の噂でわたしも承知していたよ。だがねえ、こんな仲だったとは思ってもみなかった」

又作はいきなり、道中差しをギラッと引っこ抜いた。

これには、和助もおさとも腰を抜かすほど驚いた。道中差しであろうと、いちおうは刀である。それを振り回されては、ただ恐怖あるのみで、和助とおさとは這《は》いずって逃げようとする。

「密通した女房と相手の男を、亭主が殺し候《そうろう》ともお構いなしっていうのが、天下のご定法《じょうほう》だ！」

又作は、怒声《どせい》を放った。

和助とおさとは、四つん這いのままでぶつかり合った。二人は折り重なった格好で、動きがとれなくなった。

「とは言うものの、お前たちを殺したところで、寝覚めが悪いだけだろう。お前たちを手にかける代わりに、首代《くびだい》としてまとまった金を、積んでもらうほうがよさそうだ。じっくり考えたうえで、話をつけに出直してくるから、そのつもりでいろ！」

又作は店のほうへ、立ち去っていった。


文化十四年の一月二十五日——。

この日は初天神で、われもわれもと亀戸《かめいど》の天満宮へと押しかける。しかし、そうしたことには、まったく無縁という男がいた。その男は、新堀川に沿って歩いている。

北町奉行所の同心、尾形左門次《おがたさもんじ》である。木刀を背中に差した中間《ちゆうげん》と、御用箱を担いだ小者《こもの》を、お供として従えていた。そこは、八丁堀の旦那にふさわしい。

身なりは、着流しに三つ紋付の黒羽織。両刀を腰に、朱房《しゆぶさ》の十手を背中にぶち込んでいる。裏白の紺足袋《こんたび》に雪駄《せった》ばき。これもまた、八丁堀の旦那の姿であった。

だが、やっていることが、少しも目立たない。のんびりしているように見えるので、存在感もなかった。地味を通り越して、影が薄いという感じさえする。

町奉行所の同心というと、岡っ引を使って犯罪捜査を進め、捕物もやる八丁堀の同心と思われがちである。だが、そうした派手な花形役者は、ほんの一部の同心に限られている。

刑事犯罪の捜査権を持つ同心は、定町廻《じょうまちまわ》り、臨時見廻り、隠密廻りの三廻り方にすぎない。その人数は南北の町奉行所の合計で、二十八人しかいなかった。

両奉行所には、同心が全部で二百四十名ほどいる。そのうちの一割強の同心が、刑事の役目を果たすということになる。

町奉行所の仕事は、多岐にわたる。民事訴訟が、実に多かった。ありとあらゆることを取り締まる行政官でもあり、同心の職務分掌《ぶんしょう》は当然のことだが多種多様となる。

尾形左門次のお役目は、高積《たかづみ》見廻りであった。

荷物の高積みを監視するから高積見廻りと聞いただけでも、何かピリッとしないお役目である。

北町奉行所にも高積見廻りは、与力《よりき》一騎と同心が二人しかいない。そんな荷物が相手のやり甲斐のない仕事だが、尾形左門次は不服も言わずに平然と務めている。

しかし、つかみどころのないこの三十八歳の同心には、思いもよらぬ一面があった。剣を取れば直心影流《じきしんかげりゅう》の達人、というのは知る人ぞ知るである。

そうではなくて尾形左門次が、ひそかに世間から『お助け同心』という異名で呼ばれていることであった。犯罪者を救ってくれる、という意味でのお助け同心だったのだ。

霊岸島には、河岸《かし》が多い。

たとえば、新堀川に面した南新堀町は南新堀河岸と呼ばれ、酒問屋がずらりと並ぶ。霊岸島川口町には、ときや河岸がある。霊岸島町は瓶《びん》河岸といわれ、瀬戸物問屋が多い。

霊岸島浜町、銀《しろがね》町、四日市町、塩町はいずれも酒と酢と醬油の問屋街で、河岸には土蔵が連なっている。東湊《ひがしみなと》町は、材木問屋と丸太問屋の町だった。

川はすべて水運のためであり、船便の往来が激しい。河岸では常に、船からの荷揚げが行なわれている。こういうところにこそ、高積見廻り役は目をつけなければならない。

尾形左門次は、ゆっくりと河岸を歩く。詰まれた荷の高さに、目を光らせる。

商家のほうも心得たもので、荷物の積み方には十分に注意を払っていた。

「もし……」

豊海橋《とよみばし》にさしかかったとき、女の声が追いかけて来た。

振り返る前に女は、尾形左門次の行く手に回り込んでいた。女は思いつめた目つきで、左門次を見つめた。どこか色っぽい美女だと、左門次は目を細めた。

「お願いがございます」

女は地面に両膝を突いて、尾形左門次に取りすがった。

「これ！」

驚いた中間が、あわてて女の腕をつかんで左門次から引き離そうとした。

「お助け同心の尾形さまと、お見受けいたします」

女は中間の手を振り払って、必死の面持《おもも》ちで左門次を見上げた。

ここで揉み合ったりしては、人目につく。現に近くの商家の店先には、好奇の目を向けている男女がいた。

「まあ、落ち着きねえ」

左門次は、うなずいた。

女はお助け同心に、救いを求めている。そうとわかれば、相談に乗ってやるしかないのだ。こういう場合の女は、興奮状態にある。まずは、冷静にさせることだった。

「思い余ってのお願いがございます」

女はいまにも、泣き出しそうであった。

「おめえの名を、聞こう」

左門次は、女を引き起こした。

「おさとと申します」

立ち上がって、女は腰を屈《かが》めた。

「住まいは……」

左門次は目で、中間と小者に合図を送った。

少し離れてついてこいと、命じたのであった。

「南新堀の二丁目でございます」

おさとは、安心したように溜息《ためいき》をついた。

「話を聞こう」

左門次は、歩き出した。

左門次がひょいと振り向くと、おさとという女は顔を真っ赤に染めていた。

豊海橋を北新堀町へ渡って右へ折れると、間もなく永代橋《えいたい》の渡り口だった。右手の河岸に、船番所がある。

隅田川のいちばん下流に架かる永代橋は、江戸で最長の橋であった。北新堀町から隅田川を越えて、永代橋は深川の佐賀町に通じている。

いまから十年前の八月、深川八幡の祭礼に大勢の人が橋上へ押し寄せたことから、永代橋が落ちて死傷者は千五百人に及んだ。左門次はふと、その惨事を思い出す。

橋の中ほどまで来て、左門次は足をとめた。中間と小者も、離れたところで立ちどまっている。ここなら誰にも話は聞かれないと、左門次は促《うかが》すように女を見やった。

「はい。恥を忍んで、申し上げます」

おさとは左門次に背を向けた。

おさとは、すべてを打ち明けた。

山崎屋和助とは八年前から、互いに思いを寄せ合っていたこと。

去年、亭主の又作が旅の途中で、行方知れずになったこと。

そのために和助とおさとの恋心が、再び燃え上がったこと。

十カ月がすぎるのを待ちきれず、その直前といえる今月の十六日に、ついに和助とおさとは情交を結んだこと。

翌晩もまた、われを忘れて身体を重ねたこと。

ところが、その最中に突如として又作が踏み込んで来たこと。

又作は、訴えても出ないし、姦夫《かんぷ》姦婦《かんぷ》として殺しもしないからと、代わりに和助に対して大金を要求したこと。

「恥ずかしいお話ですけど、子細はこうしたことでして……」

おさとは向き直ると、またしても耳まで赤く染めていた。

「なるほどね」

左門次は川面《かわも》を行き交う船と、深川の家並みののどかな風景に見入っていた。どことなく色っぽい女にふさわしく、話の内容もまた色っぽかった。だが、実際はそんな冷やかし半分の気持ちで、聞いていてよろしい話ではないのだ。

和助におさとという当事者にとっては、まさしく深刻な死活問題であった。姦通の罪で死刑になるか、又作に殺されるか、それがいやなら大金を積まなければならない。

和助とおさとは、絶望の淵に立たされている。逃れられない危機を、迎えているのである。だからこそ思い余って、お助け同心に救いを求めたのだろう。

男女の情欲を自制できなかったのかとは、左門次も責められなかった。和助とおさとの燃えた身体が、どうにも待ちきれなかったというのも、左門次にはわかるのだった。

「さて、どうしたものか」

和助とおさとの姦通は事実なのだから、左門次もおいそれとは処置できなかった。

橋のうえに立ちつくしていると、早春の冷たい風に震えがとまらなくなる。左門次は永代橋を渡って、深川佐賀町の自身番に立ち寄った。

こういうときには、自身番を借りるに限る。高積見廻りだろうと八丁堀の旦那には変わりないので、自身番も進んで場所を提供してくれる。

琉球《りゅうきゅう》畳《だたみ》の部屋で、左門次とおさとは向かい合った。火鉢《ひばち》と煙草盆《たばこぼん》のほかには、何もない部屋だった。サービスされるのは、番茶ぐらいなものである。

「又作は昨年の五月朔日《ついたち》（一日）をもって行方知れずと、伊豆代官所の三島陣屋が認めたんだったな」

左門次は指を折って数えた。

「はい」

まだ恥じているのか、おさとは顔を伏せていた。

「昨年は閏《うるう》八月があったから、確かにそういう勘定になる」

左門次は、妙なことに感心していた。

この時代の失踪は、行方不明になった月から起算する。又作の行方知れずは、去年の五月も含めて考えなければならない。

五月から十二月までで八カ月、それに文化十三年は閏で八月が二度あったので九カ月になる。更に今年の一月を加えると十カ月だから、二月一日になれば又作の失踪は成立する。

「あと半月たらず、又作が戻らなければ……」

おさとは唇を噛んだ。

「それでその後、又作は大金がどれほどか、言って来たのかい」

左門次は、右手で左の肩を揉んでいた。

「はい。それも三百両よこせって、五日前に山崎屋さんへ乗り込んだんだそうで……」

「三百両とはまた、吹っかけやがったな。その和助の返答ってやつを、又作はいつ聞きにくることになっているんだ」

「それが、今日ということなんです。今日の夕刻七ツに、山崎屋さんへくることになっております」

「山崎屋和助は、どう返答する気でいるんだ」

「とても三百両なんて出せないって、和助さんは申しておりました。断わるより、道はないって……」

「そうだろうよ。線香問屋ってものは、派手に儲けることのねえ商売だ。三百両をドブに捨てるようなことが、できるはずはねえ」

「それで、不承知ならと聞き直った又作に訴人《そにん》されれば、和助さんも私も死罪のお仕置。尾形さま、何とかお救いくださいまし」

おさとは琉球畳に、顔をこすりつけるようにした。

「まずは又作に、会ってみよう」

それが思案するときの癖なのだが、左門次は右手で左の肩を揉み続けていた。

夕方の七ツ、午後四時になる前から、左門次は山崎屋の店内にいた。土間の端に置いてある縁台に腰をおろし、左門次は細めた目で客の出入りの監視を続けた。

やがて、三十がらみの男がふらっと、店の中へはいって来た。着流しで雪駄ばき、遊び人風の男である。目つきの険《けわ》しさが、裏を持つ男だということを匂わせる。

「旦那に、会いてえんだが……」

男は山崎屋の手代に、声をかけた。

手代はチラッと、左門次へ目を走らせる。又作だと、知らせたのであった。

左門次は立ち上がって、又作に近づいた。あっという顔になって、又作は飛び上がった。

不意に、八丁堀の旦那が現われた。それを予測していない又作が、驚くのは当然である。左門次が高積見廻りであることを、又作は知らなかった。

それで又作は、左門次を定廻り同心と思い込む。犯罪者にとって、定廻り同心は鬼よりも恐ろしい。しまったと又作は青くなったが、もう間に合わない。

「表へ出な」

定廻り同心らしく、左門次は背中から朱房の十手を抜き取った。

又作は素直に、山崎屋の店先の路上へ出た。中間だけを従えて、左門次もあとを追った。気を取り直したらしく、又作は落ち着いた態度に戻っていた。

「旦那、わたしは何ひとつ、悪事なんぞ働いちゃあおりませんよ」

ふて腐れた顔で、又作は笑った。

「話は残らず、おさとから聞いたぜ」

長身の左門次は、又作を見おろした。

「あの女、ふざけた真似をしやがる。科人《とがにん》が、八丁堀の旦那に泣きつくとはね。わたしが恐れながらと訴えて出りゃあ、おさとも和助も死罪になるんですよ。旦那もまさか、罪人の加勢はなさらないでしょう」

「十月《とつき》のあいだ、おめえはどこにいたんだ」

「駿河の深良村《ふからむら》ってところに、おりました。三島の東の箱根路で盗賊に襲われ、連れの正太郎さんが殺されましてね。わたしは盗賊に追われて、死にもの狂いで山中へ逃げ込みましたよ。道もなく西も東もわからない山の中を、やみくもに走り回っているうちに、わたしは高い崖《がけ》のうえから真っ逆さまに落ちて、気を失っちまったんです」

「気がついたら、どこにいたんだ」

「深良村の名主さんの屋敷に、寝かされておりました。猟師の父子《おやこ》がわたしを見つけて、名主の屋敷へ運んでくれたんだそうです。怪我は大したこともなかったんですが、そこで困ったことになりましてね」

「どうしたんだ」

又作の目は真実を語っていないと、左門次は見抜いていた。

「ここを強く打ったのがいけなかったらしく、すっかりおかしくなりましてね」

又作は、自分の頭を指さした。

又作の説明によると、自分がどこの何者であるかも、わからなかったという。

箱根の関所を通行するための手形を持っていたので、江戸の住人の又作だということは明らかになった。

しかし、その本人なのかどうかも、又作には思い出せない。頭の中が空《から》っぽで、江戸と聞いても浮かんでくるものがないのだ。どこにあるのかも知らないので、江戸へは帰れそうにない。

そこで何か思い出すまで、名主の屋敷に置いてもらうということになった。名主の一家は親切なうえに、又作が食い扶持《ぶち》として五両を進呈したので、客のように扱われた。

たまたま盗賊に襲われた箱根路まで出向いたことから、又作がすべての記憶を取り戻したのは、去年の暮れであった。又作は新年早々に、江戸へ帰ることになった。

「箱根のお関所の通行手形は、どうやって手に入れた」

左門次は、問い質《ただ》した。

関所手形の有効期限は、発行された翌月いっぱいまでとされている。去年の又作が持っていた手形では、今年になって箱根の関所を通ることができないのであった。

「深良村の名主さんと一緒に、三島の御陣屋まで赴《おもむ》きましたよ。御陣屋で名主さんともども事情を申し上げたところ、箱根のお関所の通行手形を下されましてね」

やや得意げに、又作は笑った。

「何もかも、うまくできすぎていやがる」

左門次は、嫌みっぽく言った。

「旦那、わたしは嘘偽《いつわ》りを申しておりません。三島の御陣屋と深良村の名主さんに、問い合わせておくんなさいまし」

又作は自信たっぷりだが、やはり眼差《まなざ》しが澄んでいなかった。

確かに三島の代官陣屋と深良村の名主に尋ねれば、明白になることである。たちまちバレるような嘘を、つくはずはなかった。したがって、又作の話そのものは事実なのだろう。

だが、裏に何かがあるのだ。もっと深い部分に、又作の企《たくら》みが隠されている。たとえば十カ月も深良村にいたのは事実でも、頭がどうかなって何も思い出せなかったというのは、又作の策かもしれない。

左門次はふと、殺気にも通じる人の気配を感じた。山崎屋の隣家の天水桶《てんすいおけ》のかげに、複数の人間が身をひそめている。顔と身体の一部が、チラッと覗いた。

着流しで、腰に大小を差していた。月代《さかやき》が伸びた浪人で、数は二人のようだった。二人の浪人というのは、おさとの話の中にもあった。

天水桶のかげにいるのが、箱根路での異変をわざわざ知らせてくれたという二人の浪人と、同じ人物だったとしたら――。思ったより楽に片付くと、左門次は胸のうちで笑った。

「おめえの話は信用できねえが、まあそいつはいいだろう。だがな又作、和助から三百両を脅し取ろうとすれば、おめえも罪を着ることになるぜ」

左門次は十手で、又作の肩を叩いた。

「脅し取るだなんて、とんでもございませんよ。わたしは穏便《おんびん》に話をつけたいんだったら、三百両で手を打ちましょうと申しているだけです。間男《まおとこ》七両二分では、納得がいきません。首代として三百両もらい受けましょうと、話を持ちかけたのにすぎません。それが、罪になりますかね」

又作は、巧みに言い逃れた。

密通した姦夫姦婦は死罪だが、実際に刑が執行されることは珍しい。それは、ほとんどが内済《ないさい》で、片付けるからであった。示談《じだん》である。

姦夫が姦婦の亭主に慰謝料じみた罰金を支払う。密通は二度と繰り返さないとして、亭主は女房をも許すのである。そうした例なら、いくらでもあった。

本来ならば首を切られる罪を、金で許してもらえるので首代といった。この間男の首代というのは、江戸で七両二分、大坂で五両二分と、相場が決まっていた。

「首代が、三百両とは高すぎる。無茶な注文を押しつけるようなら、そいつは脅しってことになるんだ。だいたい山崎屋和助に、三百両の首代なんぞ出せるわけがねえだろう」

「いいえ、その気になれば出せますよ。山崎屋は代々、金の亡者《もうじゃ》のように蓄《たくわ》えに専念したことで知られておりましてね。山崎屋の蔵には千両箱がいくつあるかなんて、子どもたちまでが唄にしているほどです」

「おめえもそいつに目をつけて、三百両だなんて法外な間男代を、吹っかけやがったんだな」

「滅相《めっそう》もない。わたしは首代なんですから、三百両ぐらいは当たり前だと思っておりますんで……」

「とにかく、和助は三百両なんて出せねえそうだ。だったら、おめえはどうするつもりだい」

「仕方ございません。訴え出て和助とおさとを死罪にしていただくか、わたしがこの手で二人を二つに重ねて四つにするか、いずれかにいたしますよ」

「もう和助との話し合いは、よしにするんだな」

「いいえ、また出直して参りますよ」

「今宵《こよい》、おさとのもとへ今後のことの相談のために、和助が忍んでくるんだそうだぜ。おさとが、恥じらいながらそう言っていたな」

左門次は、右手で左の肩を揉んだ。

「ごめんくださいまし」

挨拶もそこそこに、又作は足を早めて去っていった。

二人の浪人も、逆の方向へ遠ざかっていく。この南茅場町には、近くに大番屋がある。又作も浪人も間もなく、そこへ送られるはずだった。

何か臭いと疑いながらも、おさとのところへ和助が忍んでくると聞けば、又作は気になってならない。いっそのこと、その場へ踏み込んでやろうかと又作は思う。

罠《わな》といっていまのところ、掛けようがなかろうと又作には自信がある。それならばむしろ、和助とおさとを並べおいて、一気に話をつけたほうがいいかもしれない。

このうえない恐怖感を味わえば、和助は三百両を出すつもりになるだろう。うまくいけば、今夜のうちにも三百両が手にはいる。そうなれば一刻も早く、二人の浪人にも分け前を与えなければならない。

そういうことで、又作はかつての住まいへ乗り込んでくる。ついでに又作は、二人の浪人を湊屋へ呼びつける。そうなれば上出来だと、左門次は期待したのであった。

今宵、湊屋の奥の部屋に二人でいるようにと、左門次は和助とおさとに指示した。そのうえで左門次自身は宵の五ツ、午後八時にひとり湊屋を訪れた。

もちろん表戸はおりているが、切り戸に心張棒《しんばりぼう》は支《か》ってなかった。左門次は身体を二つに折って、切り戸から暗い店の中へはいった。奥の部屋は、明るくなっている。

「お前たちはそろって死罪になるか、それともおれの手にかかるかで、生きるか死ぬかの瀬戸際にあるんだ！」

又作の怒声が、聞こえて来た。

期待どおり引っかかってくれたかと、左門次はニヤリとした。和助とおさとは沈黙を守っている。それでいいのだと、障子《しょうじ》の隙間《すきま》から左門次は奥の部屋を覗いた。

和助とおさとが、並んですわっている。さすがに二人とも青い顔で、恐怖に震えていた。それもそのはずで、仁王立《におうだ》ちになった又作が道中差しを抜き放っているのである。

「和助さんよ。命をなくしても、お前は三百両が惜しいのかい！」

又作は白刃を、和助の鼻先に突きつけた。

「わっ！」

和助はのけぞって、半泣きの顔になった。

「それみなよ、死ぬのが恐ろしいんじゃないか。いいかい、和助さん。わたしは、お前とできちまった女房に未練はないんだよ。おさとは、お前にくれてやるさ」

又作はヒタヒタと、白刃で和助の頬を叩いた。

「か、勘弁してください」

和助は、平伏《へいふく》する格好になった。

「受け取るものを受け取ったら、すぐにでも離縁状を書こうじゃないか。そうすりゃあ、お前たちは明日にも晴れて夫婦になれる。それなのに三百両を出し惜しみするのは、本気でおさとのことを思っていないからなんじゃあないのかい」

又作は白刃を、畳に突き刺した。

「だいぶ、威勢がいいようだな」

そう声をかけながら大きく障子を開いて、左門次は部屋に上がり込んだ。

尾形左門次の出現を、又作はさして驚かなかった。いずれ左門次が現われるだろうと又作は覚悟していたらしい。

つまり町奉行所の同心に、咎《とが》められるようなことはしていないと、又作は正当性を鼻にかけているのだ。その証拠に又作は、白刃を隠そうともしなかった。

「これは旦那、丁度いいところへおいでくださった。場合によってはこれから、密通したこの二人の不義者を刺し殺すことになりましょう。そのときはひとつ、旦那にご検分をお願いいたします」

胸を張って、又作は言い放った。

「よかろう。おめえがこの二人を、二つに重ねて四つにすることは許されているんだ。お上《かみ》のお咎めはねえんだから、存分にしねえ」

左門次は、懐手《ふところで》のままでいた。

「聞いたかい、和助さんよ。首代三百両を出すか、わたしに首を打ち落とされるか、さっさと決めてもらいたいね」

又作は勝ち誇るように、抜き取った白刃を振りかざした。

「ちょいと待ちねえ。その前に、尋ねておきてえことがあるんだ」

左門次は、足を進めた。

「えっ……」

又作の表情が、不安の色に曇った。

「おさとの話によると、おめえはお伊勢参りにギリギリの路銀《ろぎん》を持って出たそうだな」

「へ、へえ」

「道中おもしれえことに、いろいろと銭金《ぜにかね》を使ったはずだ。お伊勢参りの帰り道、江戸が近くなったころには路銀を使い果たして、一文なしになっている。それが通り相場で、誰しも見に覚えがあることだろうよ」

「へえ、まあそのようで……」

「ところが、おめえは大金を残して、お伊勢参りから戻って来たな。そいつは、どうしたわけだい」

「わたしは、大金を残して戻って来たなんて覚えは、ございませんが……」

「嘘をつきやがれ。十両かそこらは、持っていたはずだぜ」

「十両なんて大金を懐中に、どうして戻ってこられましょう」

「ボロを出したな、又作。深良村の名主に、五両の礼金を払ったって語ったのは、おめえじゃねえかい」

「えっ……」

「十両は懐中にねえと、礼金を五両も出せるもんじゃあねえ」

「そ、それは……」

「そんな大金を、おめえはどこから手に入れた」

「どこからって、わたしは……」

「連れの松坂屋の正太郎を殺して、その持ち金を奪ったとしか思えねえ」

左門次は、居丈高《いたけだか》になっていた。

「な、な、何をおっしゃいます」

顔色を変えて、又作は逃げ腰になった。

「神妙にしろい！」

左門次は十手で、又作の右腕を一撃した。

「あっ！」

又作は、道中差しを取り落とした。

「野郎、白状しやがれ！」

左門次は更に、又作の肩を十手で打ち据えた。

「うっ……」

又作は尻餅をついて、苦痛に目をシロクロさせた。

「二人の浪人者を、仲間に引き入れたのに相違あるめえ！」

左門次は、又作を蹴倒した。

「恐れ入りましてございます」

起き上がって、又作は両手を突いた。

もともと小悪党なので、恐怖には抗しきれなかった。血の気を失って、震え上がる。十手を突きつける同心が鬼のように見えて、生きた心地はしない。

この場だけでも救われるためには、白状するほかはないと思い込む。観念するというより、シラを切る度胸がないのだ。それで、小悪党は簡単に口を割る。

「何もかも、申し上げます」

又作は泣き声になっていた。

松坂屋の若旦那ともなれば、大金を所持して旅に出る。父親も旅先で女の修行を積んでこいと、正太郎に金を与えることを惜しまなかった。

正太郎は、百両も胴に巻いて出かけた。道中の先々で派手に使ったものの、江戸が近くなった帰り道でも、正太郎は三十両からの残金を持っていた。

借金だらけの又作は、喉から手が出るほど金が欲しい。正太郎が持っている三十両を、何とかいただいて江戸へ帰りたいものだと又作は思いつめるようになった。

駿河の藤枝まで来て、又作はふとしたことから二人連れの浪人と知り合った。白木《しらき》大作《だいさく》、元村安兵衛《もとむらやすべえ》と名乗る二人の浪人は、無一文に近いほど暮らしに困窮していた。

江戸で何か荒稼ぎをするか、金のなる木を見つけるかしようと、悪事を企む食いつめ浪人だった。そうした二人の浪人に、連れの正太郎が三十両も持っているという話を、又作は持ちかけた。

盗賊の仕業《しわざ》として三十両を奪い取ろうと、たちまち三人の相談はまとまった。

三島をすぎて箱根路にさしかかるあたりで、その計画を実行することに決まった。

しかし、正太郎だけが襲われて、又作が無事だというのはおかしい。又作は盗賊に追われるが、何とか逃げきれたということにして、数日後に現われて助けを求める。そうした筋書きも、作られたのである。

又作と正太郎は、三島をすぎて箱根路を目ざした。寂しい場所として知られる塚原までくると、旅人の往来は途切れて無人の世界になっている。そこで待ち受けていた二人の浪人が、いきなり飛び出して正太郎に襲いかかる。

浪人は苦もなく、正太郎を斬り殺した。奪った三十両は、三人で十両ずつ山分けにする。二人の浪人は三島の代官陣屋へ引き返し、旅人が盗賊に襲われるのを目撃したと注進《ちゅうしん》に及ぶ。

そのあと浪人たちは、直《ただ》ちに江戸へ向かった。松坂屋と又作の家を訪れて異変を知らせるとともに、目撃したことをまことしやかに伝えるためであった。

一方の又作は、山中に分け入ったところまではよかったが、誤って崖から谷間へ転がり落ちる。気を失った又作を猟師の父子が見つけて、深良村の名主の屋敷へ運び込む。

又作が一時的に記憶を失ったのは事実だが、十日もしないうちに頭は正常に復した。しかし、又作は十両ぽっちでは、何もならないことに気がついた。百両か二百両は、欲しいものである。

このまま又作が江戸に戻らなければ、おさとは独り身になることを許される。山崎屋和助とともに、おさとはそのことを意識する。十カ月がすぎるときが近づけば、待ちきれなくなって和助とおさとは情交を結ぶ。

その場に踏み込んで不義者見つけたとやれば、和助から三百両は脅し取れるに違いない。そんな悪い企《くわだ》てを考えついた又作は、何も思い出せない病人を装い謝礼に五両も進呈して、深良村の名主の屋敷に置いてもらうことにした。

去年の暮れに病気が治ったと称し、正月の十日に又作は江戸に帰りついた。又作はさっそく、二人の浪人が身を寄せているはずの本所の町道場へ行き、礼金五十両を出すからとおさとの監視を頼んだ。

一月十六日の夜に、和助が人目を忍んで湊屋へはいり、それっきり一時《いっとき》（二時間）も出てこなかったと浪人から報告があった。味をしめた和助とおさとは、明日もまたということになる。

翌日、又作みずから出向いて湊屋を見張っていると案《あん》の定《じょう》、和助が来て店の中へ姿を消した。しばらくして又作が奥の部屋へ駆け込むと、おさとが女悦《にょえつ》の声を放っている真っ最中――。

「かくなる次第でございます。お手数をおかけして、まことに申し訳ございません」

白状を終えて、又作は大声で泣き出した。

左門次は、人の気配を感じて店に飛び出していった。切り戸があいていて、二つの顔が犬みたいに覗き込んでいる。あわてて逃げる二人を追って、左門次も路上へ出る。

二つの人影が、踏み留まって抜刀《ばっとう》した。例の浪人どもであった。五十両の礼金にありつこうと、ノコノコやって来たのだろう。左門次は、ゆっくりと近づいてゆく。

「白木大作、元村安兵衛の両名か」

左門次は、ニッと笑った。

姓名を言い当てられて、二人の浪人はたじろいだ。もはやこれまでと、刀を中段に構える。神道無念流《しんとうむねんりゅう》の使い手だった。

「おれの直心影流《じきしんかげ》は、ちょいとばかり荒っぽいぜ」

左門次は腰をひねって、大刀を抜き放った。

キーンと金属音が響いて、闇《やみ》に火花が散った。一方の浪人の刀が宙を飛んで、湊屋の表戸に突き刺さった。左門次は返す刀でもう片方の浪人の白刃に絡めて弾くようにした。

夜空へ飛び上がった刀が音を立てて屋根のうえを転がった。左門次は大刀の峰を返して、十字を書くように水平に走らせた。目にもとまらぬ速さであった。

ひとりは右胴、ひとりは左胴に峰打ちを喰らって、二人の浪人は同時に地面に膝を突いた。激痛にうなり声を洩らすだけで、立ち上がることができなかった。

左門次は又作、白木大作、元村安兵衛を、南新堀町の自身番へ引っ立てていった。あとは定廻り同心にお任せで、左門次の出る幕ではなかった。

翌日、北町奉行所定廻り同心の辺見勇助《へんみゆうすけ》が、改めて三人の罪状を調べた。武士でも浪人であれば、町人同様の扱いとなる。三人は目と鼻の先の南茅場町の大番屋に移され、間もなく入牢《じゅろう》証文が出たので小伝馬町《こてんまちょう》の牢屋敷へ送られた。

三人とも、正太郎殺しと三十両強奪の罪で裁かれた。殺人強盗は引き廻しのうえ獄門の刑と決まっている。罪状は明白だし、これだけは動かせない。

老中も将軍家も、極刑の申請を認めざるを得ないので、三人の引き廻しのうえ獄門は近いうちに執行されるだろう。ただ又作がお白洲《しらす》で和助とおさとの姦通《かんつう》を申し立てるという厄介《やっかい》なことがあった。

又作は和助とおさとの死罪が当然と、主張したのである。この件については難しい問題なので、寺社奉行、町奉行、勘定奉行の三奉行で協議しなければならなかった。

合議の結果は、次のようになった。

一　又作が行方知れずでいた期間は九カ月と十六日で、十カ月とほとんど変わらない。

一　おさとが又作は二度と戻らないものと、判断したとしても当然といえる。

一　又作は和助とおさとが深い仲になることを願い、故意に行方知れずを装った。

一　したがって又作の行方知れずは、おさとを離縁したのに等しい。それゆえに、和助とおさとの姦通罪は成り立たない。

「ありがとうございました。おかげをもちまして、地獄から極楽へ呼び戻されたような心地でございます」

おさとからそう礼を言われたとき、こんなにいい女だったかいと左門次は驚いた。

今日からは天下晴れて好きなだけ、和助と睦《むつ》み合えるおさとだった。それで女とは、かくも美しくなるものなのか。

「なあに、やるだけのことをやったまでよ」

これは尾形左門次が、お助け同心の役目を果たしたときの決まったセリフであった。

第三話　夫婦の関所

文化十二年には加賀百万石の金沢の御城下で、珍しい災害が発生している。二度も続けて、大火に見舞われたということであった。一度目の大火は、この年の三月に猛威を振るった。

金沢の人家、一一九四軒が焼失するという大火になった。ところが七月になると、またしても金沢で大火事が発生した。このときは、六七二軒の人家が焼けた。

このように同じ城下町で、一年に二度も大火があるというのは、非常に珍しいことだった。もっとも、文化十二年の七月には全国的に天災が広がった。

水害であった。大雨が降り続いて、全国の河川が氾濫《はんらん》したのである。特に畿内と東海地方では洪水が荒れ狂い、田畑の被害は甚大となった。

ようやく大雨が去って、晴天が続くようになったころ、甲州街道を旅するひと組の夫婦の姿があった。その仲睦《なかむつ》まじい雰囲気から、新婚早々の若夫婦と察しがつく。

亭主のほうは、江戸京橋の桶町《おけちょう》二丁目に住む飾り職人で、名を政吉《せいきち》という。年は、二十六歳。

女房は、おなつであった。おなつは十八歳で、甲州都留郡《つるごおり》の大月《おおつき》から出て来た。雪のように色が白くて、パッチリとした目元と小さな唇が特徴の器量よしである。

政吉と同じ京橋桶町二丁目に、桶職人の大三郎《だいざぶろう》というのが住んでいる。この大三郎の女房のおしんが、おなつの姉という縁があった。

政吉は腕のいい飾り職人だし、明るくてさっぱりした性格が誰からも好かれている。身持ちも堅いし、なかなかの男前でもある。そういう政吉を見込んで、おしんは妹をもらってくれまいかと話を持ちかけた。

「身内のことを自慢するのは何だけどね、政吉さん。住民たかが四百人たらずの甲州の大月でも、妹のおなつは若い衆たちの噂の的《まと》にされる器量よしなんだよ。気立てだって、やさしくておとなしくて、それに働き者でね。どうだろうか、政吉さん。似合いの夫婦だと、わたしは思うんだけどさ」

おしんは折につけ、政吉に妹を嫁にもらえと売り込んだ。別に根負けしたわけではないが、政吉も年ごろだけにやがてその気になる。

「大三郎兄ィのおかみさんから、そうまですすめられちゃあ、おいらもあとへは引けねえな。おしんさんの妹ってだけで、おなつさんの人柄には文句のつけようがねえでしょう。ひとつ、よろしく願いやす」

そのように政吉は、おしんの話に乗ったのであった。

おしんは喜んで、すぐさま甲州大月の実家へ手紙を書く。その手紙を読んだ両親が、おなつに話をする。姉がすすめる縁談で、両親も乗り気となれば、おなつとしては首を横に振ることができない。

この時代の結婚は九分どおり、両親あるいは兄や姉の意思によって、決まることになっていた。自由恋愛は認められてないので、それが当然なのであった。

武士と中流以上の町人は、見合いといったこともいっさいやらなかった。この文化年間のころからようやく、身分の低い武士や町人のあいだに、見合いという婚前の接触が広まったのだ。

関西地方ではむかしから、商人たちの見合いが盛んであった。しかし、それにしても当事者同士が、席を同じくするという見合いではなかった。

遠くから、相手の容姿を眺めるだけにすぎない。それも当人たちの見合いというよりは、肉親が品定めをすることに重点が置かれていた。

いずれにせよ、当事者には決定権がなかった。娘の場合は、親をはじめ周囲の者が結婚を決めることになっている。娘のほうもそれを、当たり前なこととして受け入れた。

おなつもまたそういうことで、両親と姉のすすめに従ったのである。ここに、まだ互いに会ったこともない男と女の結婚が、成立したのであった。

別に珍しいことではなかったし、おなつはむしろしあわせな思いを味わっていた。嫁に行くということで、胸のときめきに気もそぞろなおなつだった。

七月の初めに、政吉がおなつを迎えに大月へくることになった。他国の娘を嫁にもらうときは、男がその地まで迎えに出向く。それもまた、珍しいことではなかった。

政吉は大月へ来て、そこでおなつとの仮祝言《かりしゅうげん》を挙げる。それから政吉はおなつを江戸へ連れて帰り、京橋の桶町の住まいで改めて本祝言をすませるのであった。

おなつはそわそわしたり、ポーッとなったりで政吉の到着を待ちわびた。間もなく、江戸へ出て行く。京橋とは、賑やかなところだそうだ。

おなつ自身が、江戸という大都市の住人になることからして、夢のような話である。江戸の京橋とはどんなところかと、おなつの心は未知の世界へ飛んでいた。

予定より二日遅れて、政吉は七月十日に大月についた。大月は人家が九十戸、旅館が二軒、人口が四百人にも満たない小さな宿場だった。

その大月で、おなつの両親と兄夫婦が荒物屋を営んでいる。政吉とおなつの仮祝言の日、大月の住人全員が荒物屋を取り囲んだ。江戸から来た婿《むこ》さんを、ひと目見ようとしての騒ぎだったのだ。

政吉が江戸者らしく粋《いき》な姿で、キリッとした二枚目であることが、おなつは嬉しくて仕方がなかった。初夜の床入りとなって、おなつは魂を失った。生娘《きむすめ》でなくなる身体の苦痛も、しあわせすぎるような甘い気分が和《やわ》らげてくれた。

新婚夫婦は七日後に、江戸へ向かうことになっていた。ところが大雨が降り続いたので、四日ほど日延べとなった。

七月二十二日に、政吉とおなつは大月を出立《しゆつたつ》した。東海道などと違って、甲州街道はさびれている。旅人の数も少ない。つまり、人目を気にせずにすむのだ。

これは身も心も燃えている新婚夫婦にとって、歓迎すべきことであった。少し離れて歩く、という心掛けは不要である。並んで寄り添って歩いても、恥ずかしくはなかった。

おなつの足を考えて、一日の行程を六里、約二十四キロとした。大月から猿橋《さるはし》、鳥沢《とりさわ》、野田尻《のだじり》、鶴川《つるかわ》を経て上野原《うえのはら》で一泊する。上野原は大月より大きな宿場だが、小さな旅館に泊まればどうしても相宿ということになる。ほかの客と同室なので、二人きりになれるときがない。もちろん、情を交《か》わすことなど無理な相談だった。手を握り合って寝るのが、せいぜいである。

翌日は、八王子の横山宿まで行くことになる。だが、互いに身体に触れることもできないので、政吉とおなつはイライラして眠りが浅かった。

暗いうちに、目が覚める。七ツの早立ちといって、午前四時に出発する旅人が多い。いっそのことそうした連中と一緒に早立ちをしようと、政吉とおなつは七ツに宿を出てしまった。

夜明けの六ツに、関野《せきの》をすぎた。与瀬《よせ》を通過したのが五ツ、午前八時であった。やがて、街道は上り坂になる。峠越えである。小仏峠《こぼとけとうげ》を、越えるのだ。

峠路の中ノ茶屋で、政吉たちはたっぷりと休息をとった。陰暦の七月下旬は初秋であり、朝夕には涼風も吹く。日中はまだ残暑が厳しいが、日かげにいれば汗はかかない。

峠の茶屋で仰《あお》ぐ空は、どこまでも真っ青であった。遠くに浮かぶ雲の下には北に景信山《かげのぶやま》、東に高尾山があって絶景である。ここはもう、武州の多摩郡だった。

四ツ半、午前十一時になって、中ノ茶屋をあとにした。旅人の往来が途切れていて、視界に動くものはなかった。歩きながら、政吉がおなつの腕をつかんだ。

「おなつ、おめえの口を吸いてえんだ」

政吉の眼差《まなざ》しは、異様に熱っぽかった。

「えっ……」

ドギマギして、おなつは赤くなった。

「昨晩、睦み合えなかっただろう。それで昨晩からずっと、おめえの肌が恋しくてならねえのよ。いまだって、とても我慢できねえ気持ちでいるんだ」

「だけど、お前さん」

「今夜は八王子の横山宿に泊まるが、どうせまた相宿だろう。おめえを、抱きしめることだってできねえ。祝言を挙げたばかりの若い夫婦に、こんなひどい仕打ちはねえだろう。おいら、頭が変になりそうだ」

「ですけどねえ」

当惑した顔でいるが、おなつの目も潤《うる》んだように輝いていた。

「おいら、もう我慢できねえ。なあ、おなつ、いいだろう」

政吉は身体を、おなつに押しつける。

「だって、まさかここでは……」

おなつは、道の端へ追いやられた。

「ここは、小仏峠だぜ。ちょいと街道をそれたら、山の中じゃあねえかい。人の目なんてどこにもねえし、家の中と少しも変わらねえよ」

政吉は、おなつの肩に手を回した。

「いくら何でも、お天道《てんとう》さんの真下でなんて……」

おなつは耳まで、赤く染めていた。

「夫婦なんだから、遠慮はいらねえだろう。それとも何か、おめえはおいらと肌を合わせたくねえってのかい」

政吉は崖の斜面に降り立って、おなつを見上げた。

「そりゃあ、わたしだって……」

本音《ほんね》を半ば吐きながら、おなつはあわてて首を振った。

それで、話は決まった。政吉は樹間を縫《ぬ》って、小仏峠の東側の斜面を下っていく。そのあとを、おなつが追った。無人の世界を求めるには、できるだけ街道から遠ざかるほうがいい。

谷底は目ざさないが、斜面を東へ東へと進む。しばらくして、雑木林に囲まれた小さな野原にたどりついた。険《けわ》しくはないが、猟師の足跡もない山中だった。木かげの草むらにすわって、若い夫婦は息を整えた。鳥の声も遠のいて、あたりは静まり返っている。明るい陽光が降り注いで、白昼夢の世界にいるようであった。

政吉は荒々しく、おなつを抱き寄せた。急に大胆になったように、おなつも政吉にすがりつく。唇を重ねて、男と女は熱っぽく口と舌を吸い合った。

政吉は、おなつの衿《えり》の奥へ手を差し入れる。柔らかい胸のふくらみを手で包み、指の先で乳首をまるめるようにする。おなつが、肩で喘《あえ》ぎ始めた。

やがて政吉の右手が、おなつの着物の裾《すそ》を割った。二人の菅笠《すげがさ》と荷物は、すでに草のうえに投げ出してあった。しかし、着ているものまで脱いで、肌を触れ合わすといった余裕はない。

おなつの着物の前を開いて、裾を腰のあたりまでまくり上げるのがやっとであった。政吉の指が、おなつの下腹部の亀裂に触れた。おなつは膝を開き、腰を浮かせてそれに合わせた。

おなつの花芯には、まだ未熟という固さが残っている。生娘でなくなって間もない、という初々《ういうい》しさである。それでいて熟れた女のように、蜜が湧き出てくるのが可愛らしかった。政吉の指が、吸い込まれていく。

もぎ取るように、おなつが唇を離した。息苦しさに、耐えきれなくなったのだ。おなつの陶然《とうぜん》となった顔が、真っ赤に上気している。閉じた瞼《まぶた》の痙攣《けいれん》が、とまらない。

おなつはぐったりと、草むらに背中を沈めた。下半身がむき出しになって、太《ふと》腿《もも》の肌の白さが日射しに輝いていた。脚絆《きゃはん》と草鞋《わらじ》をつけたままの足が、かえって淫蕩《いんとう》的で色っぽい。政吉も呼吸を乱して、おなつに寄り添うように上体を倒した。それでも政吉はまだ、おなつへの愛撫《あいぶ》をやめようとしない。おなつは息を弾《はず》ませながら、弱々しく首を振り続けている。

熱病にかかったように、おなつの全身が火照《ほて》っていた。特に下腹部の奥が、熱くなっている。身体のあちこちで汗が流れ落ちるのを、おなつは感じていた。

おなつの身体が、女悦《にょえつ》の極《きわ》みを知るまでには、もう少し月日を必要とする。だが、甘い快美感はともかく、湧き出てくるようになっていた。それに、しあわせだという思いが、驚くほど強かった。

「おなつ……」

耳もとで、政吉が呼びかける。

「お前さん」

十八歳の女房は、声を震わせた。

政吉が、身体を重ねて来た。待ちかねた一瞬を迎えたという気持ちに、おなつはさせられていた。火を押しつけたように、政吉の熱いものがあてがわれた。

おなつの中へ、ゆっくりと押し進められる。おなつはのけぞって、両手で草を束《たば》ねてつかんだ。声を洩らすまいとして、おなつは一文字に口を結んだ。

政吉のものが、おなつを埋め尽くした。あまりにも奥深く達したので、おなつは思わず目を大きく見開いていた。その目に、赤紫の萩の花が映じた。

それが、このうえなく美しかった。甘い夢を見ているように、おなつはうっとりと陶酔した。政吉の力強い動きが、おなつの腰を圧迫した。

「お前さん……」

そんなつもりはないのに、おなつは泣きそうな声を放っていた。

周囲の静寂を破って、おなつの声は怒鳴ったように聞こえた。おなつはあわてて、口のうえに両手を重ねた。精神的な充足感がおなつの女悦の気分を強めている。

いつまでも、こうしていたい。このままずっと、甘美な夢の世界に遊んでいたい。そんなふうに、おなつは願っていた。身体が浮き上がって、どこかへいってしまいそうである。

どうしても、草を握りしめないではいられない。しかし、そうすると息と一緒に、甘い悲鳴が洩れてしまう。おなつは、もう夢中になっていた。いつの間にか、自分も腰を弾ませていることに、おなつは気づいていない。

時間の経過については見当もつかないが、夢の世界から覚めるときがくる――。

政吉が精を放ったあとも、おなつは夢の余韻《よいん》の中にいた。動く気になれないというより、他人《ひと》さまの身体みたいに力がはいらなかった。政吉と抱き合ったまま、おなつは半分ウトウトしていた。

汗がすっかり乾いたころ、二人はようやく起き上がった。身繕《みづくろ》いをすませて、菅笠をかぶり荷物を背負った。二人は山の斜面を、登る格好で歩き続けた。

だが、いつまでたっても、街道へは出られなかった。どうやら、迷ったらしい。最初から道など見当たらない山中なので、東と北へ方角を定めて歩くほかはなかった。

あとになって知れたことだが、高尾山の中腹へと迂回《うかい》したようである。政吉がいることだし、日が高いうちはおなつも元気だった。しかし太陽が西へ傾くにつれて、心細くなった。

それでも日が暮れる寸前に、何とか街道にぶつかった。そこはもう、八王子のすぐ西の甲州だった。ずいぶん遠回りをして時間もかかったが、無事に八王子にたどりついたのである。

おなつにしてみれば、生まれて初めて見る都会の地であった。八王子が百ぐらい集まっても、まだまだ江戸には追いつかないと政吉から聞かされて、おなつは二度びっくりした。

八王子では、横山というところが宿場になっている。その横山だけでも千五百軒からの人家が建ち並び、六千人の住人がいるというのだから、おなつが驚くのも無理はない。

横山の旅籠《はたご》に、二人は一泊した。

予想どおり、その旅館でも相宿ということになった。政吉とおなつは、ただ並んで寝るほかはなかった。昼間、山の中で睦み合っておいてよかったと、おなつは思った。

明日は日野、府中、国領《こくりょう》までだった。明後日は上高井戸、下高井戸、そしていよいよ内藤新宿である。急いで直行すれば、日が暮れないうちに京橋につくという。

翌朝、政吉とおなつは横山をあとに、日野へ向かった。日野も人家四百軒の小さな宿場だが、そこをすぎると多摩川がある。多摩川は、舟で渡らなければならない。

多摩川も上流は、将軍家へ献上の鮎《あゆ》もとれる美しい渓流だが、この日野あたりから川幅が広がって荒れ川となる。

おまけに、四日間も降り続いた大雨で、多摩川は満水状態の濁流となっていた。水と舟を苦手とする旅人たちは、多摩川の濁流を眺めただけで尻込みをした。

そういう連中は明日まで待とうと、日野にもう一日滞在することになる。政吉とおなつも泳げないので、濁流を渡るのは恐ろしかった。だが、先を急いでいる。思いきって、渡し舟に乗ることにした。それが、運の尽きとなったのである。

そのときの渡し舟は、政吉とおなつを含めて、八人の乗り合いだった。船頭は平然として、渡し場から舟を漕ぎ出した。客は全員が緊張した面持《おもも》ちで、船縁《ふなべり》にしがみついていた。

「危ねえようだったら、頼まれたって舟を出したりはしねえよ。大丈夫だからこうして、向こう岸へ渡すんだ。いいかね、舟が揺れたからって、立ち上がるようなことはしねえでもらいてえ」

自信ありげに、船頭がそう言った。

渡し舟は川下へ持っていかれないように、濁流に逆《さか》らって対岸を目ざす。それだけに、舟の揺れが激しい。波を乗り越えるようにして、舟は進んでいく。

川の中ほどへ出ると、黄色い濁流がうねるように迫ってくる。水量が多いので、船の舳先《へさき》が流されるように感じる。転覆《てんぷく》はすまいとわかっていても、いい気持ちがしない。

三分の二を渡りきったあたりで、大きくはないが横波を受けた。舟が揺れて、客たちはハッとなる。人一倍、恐怖を覚えたのか、政吉が腰を浮かせた。

「た、助けてくれ！」

政吉は、立ち上がって叫んだ。

「馬鹿野郎、立つんじゃねえ！」

船頭が怒声を発した。

「お前さん……」

おなつは手を差しのべたが、政吉の身体に届かなかった。

舟が傾いて、政吉の全身も斜めになった。あっ、あっ、あっと声を上げながら、政吉は川の中へ落ち込んだ。みるみるうちに、政吉は流されていく。

泳げる者がいないのか、客たちは政吉を見送るだけだった。船頭が飛び込もうとしたが、舌打ちをして思い留まった。船頭がいなくなったら、舟が無事にすまないことに気づいたのである。

政吉は黒い影だけになって遠ざかり、濁流に呑まれて川面《かわも》から消えた。今度は、おなつが立ち上がろうとする。それを、ほかの乗客たちが押さえつけた。

「お前さん、お前さん！」

おなつは、泣きながら絶叫した。

間もなく渡し舟は、対岸の船着場についた。何事もなかったのだ。恐ろしくはあっても、危険は実際になかったのである。それなのに、政吉だけは溺《おぼ》れ死んだのであった。

人の命はわからないというが、おなつにはどうしても信じられなかった。おなつは気丈にも、ひとりで江戸京橋の桶町へ向かった。政吉もきっと助かって桶町の住まいに戻ってくると、思ったからだった。

桶町には、姉のおしんがいる。義兄の大三郎も、力になってくれる。政吉の仲間の職人たちが、おなつをほうっておかなかった。おなつは政吉の家に住みついた。

そして、政吉を待った。五日、十日、二十日とたって、ついに二カ月がすぎた。十月の初旬になって、勘定奉行の配下の者より北町奉行所へ死者の所持品らしきものが、三点ばかり届けられた。
一、菅笠。
一、振分け荷物。
一、脚絆の片方。
これらはいずれも、代官支配地となる多摩川下流の登戸《のぼりと》の渡し付近の葦《あし》の茂みから、見つかったものである。多摩川の上流における溺死者《できししゃ》の遺品と思われるので、町奉行所でその事実を確かめてくれということだった。

溺死者の所持品と身につけていた脚絆の片方が、登戸の岸辺に流れついて葦の茂みに引っかかっていたということになる。品物はどれも長いあいだ、水に浸っていたことを物語っている。

約二カ月前の七月下旬に、多摩川の日野の渡し場で舟から濁流の川の中へ転落、溺死したと推定される者の届けが町奉行所にも出ていた。江戸の町屋に住む町人が、溺死者だったからである。

江戸は京橋桶町二丁目に住む飾り職人で、政吉、二十六歳となっている。

一方、溺死者の所持品らしい振分け荷物の中にあった書付けには、残らず『政吉どの』という名前が認められた。書付けはすべて、商売上の仕入れの際の受取り証文である。

『桶町二丁目　政吉どの』と記した証文も、何枚かまざっていた。また菅笠の内側にも、『江戸桶町二丁目政吉』という墨の字が書いてあった。

二カ月前の溺死者と、この遺品の主《ぬし》とは同一人物である。そう断定されたので、裏付けを取ることになる。それに身内がいれば、遺品を返してやらなければならない。

北町奉行所から、定廻《じょうまわ》り同心の辺見勇助《へんみゆうすけ》が派遣された。辺見勇助は桶町の自身番へ、政吉が住んでいた貞右衛門店《さだえもんだな》の大家を呼びつけた。

大家の貞右衛門から事情を聞くと、政吉には仮祝言を挙げた女房がいるとわかった。辺見勇助は、その若い女房おなつを自身番へ招いた。

辺見勇助はおなつに、大月を出立してから政吉が多摩川で溺死するまでの様子を詳しく語らせた。だが、おなつの話を聞いているうちに、辺見勇助は大変なことに気づいたのであった。

「おめえは、重罪人だぜ！」

血相を変えて、辺見勇助は立ち上がった。

「重罪人とは……」

何のことかわからないというように、おなつはぼんやりとした目つきで辺見勇助を振り仰いだ。

「関所破り、御関所破りは天下の重罪人だってことぐれえ、おめえだって承知しているはずだ！　政吉とおめえは、駒木野《こまきの》の御関所を破っているじゃねえかい！」

辺見勇助はおなつの鼻先に、朱房《しゆぶさ》の十手を突きつけた。


江戸の人間が十月という季節を意識するのは、菊の花が満開になることだけによるものではなかった。もうひとつ、お会式《えしき》という重要な行事があった。

十月十二日が池上本門寺《いけがみほんもんじ》、十三日が堀《ほり》の内《うち》の妙法寺《みようほう》のお会式である。これが、ものすごい。この日を待ちわびた江戸の人々が、どっとばかりに大群衆となって押し出すのだった。

十二日の池上本門寺は品川から大森まで、十三日の妙法寺は新宿から堀の内までが群衆で埋まる。道という道がすべて人の波、人の海となった雑踏でごった返す。

しかし、そんなお会式にも無縁、無関係という人間がいないわけではない。たとえば、北町奉行所の高積《たかづみ》見廻り同心である尾形左門次《おがたさもんじ》などが、そうであった。

十月十三日の正午前、尾形左門次は本材木町《ほんざいもくちょう》六丁目にいた。背中に木刀をぶち込んだ中間《ちゅうげん》と、御用箱を担《かつ》いだ小者《こもの》をお供に連れている。

このときの尾形左門次は三十六歳、どこにいても目立つくらいに背が高い。色の浅黒い精悍《せいかん》そのものの顔つきだが、なかなかどうして苦み走ったいい男である。

いまも夫婦者らしい男女が、左門次の前方に待ち受けていた。男女そろっての必死の面持ちと不安の色が、お助け同心の救いを求めていることを物語る。尾形左門次は、そうと察して立ちどまる。

「桶町に住まいいたします大三郎、女房のおしんにございます。何とぞ、お助けを……」

夫婦者は、並んで土下座した。

本材木町は江戸橋から京橋まで、楓川《もみじがわ》の西岸に沿って続いている。町名のとおり、材木商がずらりと店を連ねていた。それはいいが、楓川の対岸がまずかった。

楓川の向こう側には、俗に八丁堀と呼ばれている一帯がある。町奉行所の与力・同心の組屋敷が、左門次の住まいをも含めて八丁堀を埋めていた。

いくら何でも八丁堀の目と鼻の先で、公然とお助け同心に変身するのは厚かましい。遠慮して控え目にと、左門次は身を隠すように積んである材木に腰をおろした。

「そんな格好は、目立っていけねえ。世間話をするみてえに、装《よそお》ったほうがいいぜ」

尾形左門次は、夫婦者に土下座をやめさせた。

お供の中間と小者は毎度のことなので、少し離れたところで知らん顔の一服を決め込んでいる。大三郎とおしんは立ち上がって、尾形左門次の近くに寄った。

夫婦者は、競い合うようによく喋《しゃべ》った。おしんの妹のおなつの身に降りかかった災難を、詳しく左門次に聞かせようとする熱意の表われだった。

おなつは三日前に、定廻りの辺見勇助の手で大番屋へ送られたという。関所破りという第一級の重罪に、問われたのであった。話を聞き終えて、左門次は溜息《ためいき》をついた。

「間違いなく、関所破りの罪じゃねえかい」

　左門次は、やれやれという顔つきでいた。

「おなつにそんなつもりはなくても、そうなっちまうんでございますか」

　大三郎が、がっくりと肩を落とした。

「御関所破りには、三つの形があってな、その一は、力ずくで押し破り御関所を罷《まか》り通るやつだが、さすがにこれはいままでのところ先例がねえようだ」

「へい」

「その二は、御関所を忍んで通り抜けるってやつだが、こいつは闇夜《やみよ》にまぎれてというのが、何度かあったようだな」

「へい」

「その三は、脇道へはいって遠回りするなり、道なき道を山越えするなりして、御関所を避けて通るってやつだ。こいつがいちばん多いし、御関所破りとは普通これをいうのよ。政吉とおなつの関所破りも、この口だったんだろうぜ」

「へい」

「関所破りの手口はこの三つだが、いずれもお仕置は磔《はりつけ》と決まっていらあな。脇道を案内した者がいたら、そやつも同罪となる」

「へい」

「色情抑《おさ》えきれず、夫婦が情を交わすために山中へ分け入ったなんて言い訳は、いっさい通らねえだろう。御関所破りには、違いねえんだからな。いまのままでいったら間違いなく、おなつには磔のご裁断が下されるだろうよ」

左門次は右手で、左の肩を揉み始めた。

おなつは、磔の刑に処せられる——。

お助け同心からそう宣言されては、大三郎とおしんが顔色を失うのも無理はなかった。最後の頼みとするお助け同心に、あっさり見放されたのと変わらない。

「そこを何とか、よい手立てはないものか、お知恵をお貸しくださいまし」

「お助け同心さま、お願いでございます」

大三郎とおしんは、またしても土下座した。

「知恵といえるものは、ただひとつしかねえな」

同心の下に『さま』を付けられたことで、尾形左門次は苦笑を禁じ得なかった。

「ひとつでも、逃れる道がございますんで……」

大三郎が目をむいた。

「この先に御関所があることをまったく知らずして、脇道にはいり山越えしたってことになると、おなつにはお咎《とが》めがねえはずだ。同じような先例がいくつかあったが、いずれもお構いなしのご放免になっているんでな」

「おなつも、そうだったんでございます。駒木野の御関所があろうとは、まったく知らなかったと、おなつは申しておりました」

「ただし、間違いなく知らなかったという証《あか》しが、立たなけりゃあならねえ。ところが、政吉すら生きちゃあいねえ。証人がいねえとなると、こいつは難しいぜ」

「せめて関所手形を持っておりましたら、おなつも駒木野の御関所があることに気づいたのでしょうが……」

「あいにくと駒木野の御関所は上りだけで、江戸へ下るには男女ともに手形が不要だ。それで、おなつにも手形の用意がなかったために、駒木野の御関所があるってことに気づかなかった」

「へい」

「お上《かみ》はおなつが駒木野の御関所の所在を承知していたくせに、いまになって知らなかった旨《むね》、申し立てていると疑ってかかるかもしれねえ。おなつは駒木野の御関所の所在を、まことに知らずにいたってことの証拠がねえ限り、どうにもならねえだろうな」

「何とか工夫をして、その証拠ってのを見つけるほかはございません」

「まあとりあえず、おなつに会ってみることとしようかい」

「よろしく、お願いいたします」

大三郎は、手を合わせて拝むようにした。

おしんは、泣いていた。

「だが、何だってまたそんなときに、色情に負けちまうんだろうな。若い男と女ってえのは、まったくやりきれねえよ」

左門次は、気が重かった。

これから、茅場町の大番屋へ向かう。そこで、辺見勇助の手で収監されたおなつに面会して、事情を聴取する。管轄の違う左門次が、同僚の仕事にケチをつけるのと変わらない。憂鬱《ゆううつ》になるのは、当然であった。

大番屋というのは留置場、未決入獄、予審裁判所を兼ねている。自身番で、罪を犯していると推定された者は、この大番屋に送られる。

大番屋では容疑者たちを、鎖などでつないで留置する。大番屋での予審で微罪と認められたり、容疑が晴れたりした者は次々に釈放される。

予審で罪がはっきりした者は、入牢証文《じゆろう》が出るまで未決として大番屋に留置が続く。入牢証文がおりると、伝馬町《てんまちよう》の牢屋敷へ移監、町奉行所のお白洲《しらす》での裁判、判決、服罪という順序をたどることになる。

　おなつは、まだ茅場町の大番屋に留置されていた。入牢証文が、出ないのだ。おなつを有罪として磔刑《たっけい》への道を歩ませるかどうか、いまだに決まらないために、入牢証文が下付されないのである。

　尾形左門次は、おなつとの面談を請求した。たとえ管轄外の高積見廻りだろうと、同じ町奉行所の同心であることに違いはない。大番屋として、左門次の申し入れを拒否することはできなかった。

　左門次は吟味《ぎんみ》部屋で、おなつと向かい合った。この女は悪人ではない、駒木野の関所を知らなかったのも事実だというのが、可憐《かれん》な感じの美女に対する左門次の第一印象だった。

　しかし、おなつの口から新しい情報は、何ひとつ得られなかった。大三郎とおしんから聞いた話を、繰り返されただけに終わった。何か手がかりが欲しいと、左門次は焦燥感《しょうそうかん》を覚えた。

「政吉に、変わったところはなかったかい」

　質問が尽き果てて、左門次はもうどうでもいいという気持ちになりかけていた。

「はい。政吉さんとはこの七月に初めて顔を合わせて、すぐに仮祝言《かりしゅうげん》を挙げて、一緒におりましたのはわずか十二、三日でございました。それでは何が変わっているのか、見極めもつきません」

髷《まげ》も崩れかけて、おなつはやつれきった顔でいた。

「だったら奇妙なこと珍しいこと何でもいいから、政吉が口にしなかったかどうかを思い出してくんねえ」

「奇妙なことでしたら政吉さんが、口癖のようにつぶやいていた言葉がございます」

「ほう、口癖みてえにかい」

「わたしには、何のことやらわかりません。それで、奇妙なことだと思いました」

「どんなふうに、政吉は言ったんだ」

「じょうしゅうやのおっきりこみか、ああたまらねえ」

「何だい、そりゃあ……」

「政吉さんは何度も、そう言っていました」

おなつは、目に涙を浮かべている。

「じょうしゅうやのおっきりこみか、ああたまらねえ、こいつは何かの呪文《じゅもん》かい」

左門次は右手で、左の肩を揉んでいた。

左の肩を揉むのは、左門次の癖である。思考に集中力を加えるとき、左門次は無意識に右手を左肩へ持っていくのだった。

その効果が表われたわけではないだろうが、左門次の頭の中の網に引っかかるものがあった。おなつは、駒木野の関所の存在を知らなかった。この主張には、嘘がないと思われる。

おなつは生まれて初めて、生まれ育った甲州の大月を離れて旅に出た。大月から一里も遠ざかれば、おなつにとっては未知の世界である。

未知の世界に何があるかは、まったくわからない。江戸へ向かうには不要なので、関所手形の用意もなかった。そうなれば、おなつが駒木野の関所の存在を知らなくても、当然といえる。

しかも、政吉と一緒であった。おなつは政吉に言われるとおりに、くっついて歩いていればそれでよかった。

甲州街道を、小仏峠にさしかかる。小仏峠を越えると小仏宿であり、それより二十六丁で駒木野の宿場につく。そして駒木野宿を出たところに、駒木野の関所がある。

箱根や碓氷《うすい》ほど厳重ではないが、それに次いで重視される関所のひとつが駒木野であった。駒木野の関所から一里半、約六キロで八王子に到着する。

こういったことを、おなつが知っているほうがおかしい。だから、小仏峠の頂上の手前で街道をそれて山の中を抜け、高尾山の中腹を東へ迂回して八王子の西へ出ても、おなつは関所を避けて通ったなどと思ってもみない。

だが、政吉はどうだろう。政吉はおなつより、はるかに旅慣れている。また政吉は江戸から大月へ向かう途中、駒木野の関所を通っているのだ。

そこに関所があって、帰りも通行するということを、政吉が承知していないはずはない。それにもかかわらず、政吉はおなつを誘って街道を脱し、山越えをしたのであった。

政吉こそ意識的に、関所を避けて通ったのではないか。すなわち関所破りは、政吉が企《たくら》んだことではないのか。おなつの身体を求めたのも、そのあと山中で迷ったというのも、政吉の口実ではなかったのか。

「政吉の振分け荷物が、見つかったそうだな。だが政吉の荷物は、それだけだったのかい」

左門次は、左肩を揉み続けていた。

「いいえ、政吉さんはほかに胴巻を巻いていましたし、風呂敷の包みを腰に結んでおりました」

　おなつは、乗り出して答えた。

「ここで大きな声じゃあ言えねえが、おめえを助けることができそうだぜ」

　左門次は、ニヤリとした。

　茅場町の大番屋をあとにした左門次は、足を早めて桶町二丁目へと引き返した。

　南伝馬町の西寄りの裏手に、桶町はあった。裏といっても、呉服橋御門《ごふくばしごもん》と鍛冶橋《かじばし》御門のあいだの御堀に沿っている。桶町は大工や左官をはじめ、いろいろな職人が住む町だった。

　左門次は大三郎夫婦に、政吉をよく知っている職人たちを呼び集めるように言い付けた。大三郎とおしんが走り回ると、たちまち二十人からの職人が姿を現わした。職人連中は、御堀端に人垣を築いた。

「じょうしゅうやのおっきりこみか、ああたまらねえ。おめえたち、こういう言葉を知っているかい」

　左門次は、人垣をひととおり見回した。

　だが、四、五人が首をかしげただけで、あとの者は何の反応も示さなかった。

　一斉に沈黙したので、屋外とは思えない静けさだった。どの顔もポカンとしていて、実に張り合いがない。

「もう一度、聞かせておくんなさい」

誰かが言った。

「じょうしゅうやのおっきりこみか、ああたまらねえ」

左門次は、同じ言葉を繰り返した。

「耳にしたことも、ございませんね」

大三郎が、代表して答えた。

「こいつは大月からの旅の途中、政吉が口癖みてえに何度もつぶやいた言葉だそうだ。政吉と親しい仲だったおめえたちが、聞いていねえはずはあるめえ」

左門次の目には、期待する輝きがあった。

ただ左門次が期待しているのは、聞いたことがあるという返事ではなかった。あくまで知らないという声を、左門次は望んでいたのであった。

「政吉さんの口から、そんな言葉を聞いたことなんて、ただの一度もございませんでしたよ」

やや遠慮がちに、おしんが首を振った。

「大月への旅に出てから、口癖になったことなんでしょうかねえ」

大三郎が、首をねじるようにして考え込んだ。

「おめえたちはひとり残らず、政吉のこの口癖を聞いたためしがねえっていうんだな」

左門次は、念を押した。

大勢の『へえ』という声が、どよめきのように広がった。

「だったら何のことか、見当がつく者はいるかい」

左門次の表情は、明るくなっていた。

「じょうしゅうやってのは、屋号でござんしょうよ」

「上野国《こうづけのくに》（群馬県）の上州から取って、『上州屋』とした屋号でさあ」

「おっきりこみかってえのが、何だかさっぱりわからねえ」

「上州屋で、売っているものだろうよ」

いくつかの答えが出されたが、それ以上の推理には進展せずに終わった。

桶町から引きあげて、左門次は京橋へ向かった。今日の予定として、まだ京橋から汐留川《しおどめがわ》に架かる新橋までの巡回が残っている。もう道草は、許されなかった。

しかし、左門次はいまのところ、気分的に満ちたりていた。順調だという思いが、左門次にはあるからだった。桶町の職人たちは、政吉の口癖を知らなかった。

おしんも聞いたことがないそうだから、結果は明白である。これで答えは、自然に出たようなものだった。野郎、許せねえ——と、左門次の意気込みも盛んになる。

あとは『上州屋のおっきりこみか、ああたまらねえ』の意味であった。それさえ明らかになれば、野郎を見つけ出すこともできるだろう。

「旦那さま」

そう呼びかけられて、左門次は後ろを振り返った。

誰の声だかわかっているのに、その主を捜そうとしたのだった。左門次の背後には中間の捨次郎《すてじろう》と、小者の善助《ぜんすけ》の顔が並んでいる。旦那さまと呼んだのは、小者の善助の声であった。

「何か用かい」

先に立って、左門次は京橋を渡った。

「はい、旦那さま」

「先ほどの一件でございますが……」

捨次郎と善助が、左門次の両側に並んだ。

「わたくしどもは、上州屋という店を存じております」

「品物を売る商家ではありませんで、上州屋と申しますうどん屋でございます」

「その上州屋の亭主の生国《しょうごく》は上州でして、上州を本場といたしますうどんを食べさせるっていうので、近ごろ評判の店となっております」

「場所は、本所の元町でございます」

「味がいいからと一日に二度も、食べにくる客さえおりますそうで……」

「ああたまらねえとは、その味を思い出すと食べたくてたまらなくなる、ということなのだろうと存じます」

まるで掛け合いみたいに捨次郎と善助が、両側でポンポン言葉を飛ばすのであった。

「おっきりこみが、上州のうどんに結びつくとでも言うのかい」

左門次も交互に、左右を見やった。

「はい。本所元町の上州屋には、おっきりこみと呼ぶうどんがございます」

「おっきりこみとは上州言葉で、煮込んだうどんのことでございますよ」

「江戸のぶっかけとは、まるっきり違う味の煮込みうどんでございます」

そこでようやく、捨次郎と善助は口を結んだ。

「おめえたちが役に立ったのはいまが初めてだが、それにしても大手柄じゃあねえかい」

立ちどまってそう言ったが、緊張の余り尾形左門次は笑うことができなかった。

その夜遅くなって尾形左門次は、同じ八丁堀にある辺見勇助の屋敷を訪れた。左門次は、今日になって明らかになったことを、辺見勇助に打ち明けた。

そうしたうえでおなつの無罪を訴え、生きている政吉の捕縛《ほばく》に協力することを申し出た。本来が定廻りの役目なので、左門次が協力を求めることにはならなかった。左門次のほうが、協力するのである。

辺見勇助としては、落ち度になるところを救われた。溺死したと見せかけて生きている政吉を、本物の関所破りということでお縄にできる。

それもすべて自分の手柄になるのだから、辺見勇助が話に乗らないはずはなかった。何もかも左門次との打ち合わせどおりで、辺見勇助は納得し承諾した。

次の日の昼四ツ半、午前十一時に大三郎夫婦を連れた左門次と、大番屋からおなつを請け出した辺見勇助は、江戸橋のたもとで落ち合った。

この日の左門次と辺見勇助は、互いにお供の者を従えていなかった。辺見勇助は、岡っ引のひとりも呼んでいない。そのほうが、肩を並べて歩く二人の同心の姿を、頼もしく見せるようだった。

大伝馬町、横山町を経て、両国広小路へ抜ける。両国橋を渡って、対岸の突き当たりが本所元町であった。同じ元町でも裏通りとなる回向院《えこういん》寄りに、それらしい上州屋の看板が見えた。

北の四つ角にある元町の自身番に、大三郎、おしん、おなつの三人を預ける。そして、左門次と辺見勇助は上州屋へ向かった。上州屋は、元町のはずれにある。

小さな店だが、なるほど満席だった。辺見勇助が、上州屋の亭主を店の外へ呼び出した。定廻りの旦那に呼ばれたというだけで、亭主は青い顔になっていた。

「まさか、政吉といってもわかるめえ。上州屋のおっきりこみを食わねえと、夜も日も明けねえってほどの贔屓《ひいき》の客で、年のころは二十六、七、この七月には甲州へ出向いたってえ色男を知らねえかい」

上州屋の亭主を尋問《じんもん》したのは、辺見勇助ではなくて、左門次であった。

「この七月に甲州まで行きなすった客となりますと、巳之吉《みのきち》さんのほかにはおりません。巳之吉さんはここ四、五日、あそこの『はなびし』に入り浸っていなさるようでございますよ」

上州屋の亭主は、五、六軒先の銘酒屋を指さした。

「巳之吉の渡世は……」

左門次は、亭主の肩を叩いた。

「生国は上州の飾り職人と聞いておりますが、どうやら上州無宿のようで……」

ビクッとなって、亭主は答えた。

左門次と辺見勇助は再び肩を並べて、はなびしという銘酒屋の店先へ足を運んだ。

大きな寺社の周辺には、私娼窟《ししょうくつ》が多くありフリーの売春婦も出没するというのが、江戸時代の特徴であった。回向院もご多分に漏《も》れずで、売女の噂には事欠かなかった。

回向院の北側の堀には、売女が小舟を浮かべて男を招く。南の大徳院《だいとくいん》のあたりは、私娼が公認されているとして有名である。はなびしも、その種の店だった。

一般の居酒屋とは、趣《おもむき》が異なる飲み屋であった。酌女が何人もいて、店の二階へ客を上げることになる。いわば売春をかねた飲み屋で、これを銘酒屋と呼んでいた。

店内では昼間から客と酌女が、酔っぱらっていかがわしい行為に及んでいる。そこへ、二人の同心が踏み込む。二十数人の客と酌女がすくみ上がって、店の中は水を打ったように静かになる。

「上州無宿の巳之吉は、どこにいる」

辺見勇助が十手で、酌女のひとりの肩を押さえつけた。

酌女は、答えない。黙っている代わりに、女は青くなって天井へ目を走らせる。二階にいる、ということなのだ。辺見勇助と左門次は、二階への急な梯子段《はしごだん》を駆けのぼった。

二階の一室の六畳間に、男ばかり七人が集まっていた。その中央に二朱銀《にしゅぎん》がどっさり、積まれたり並べられたりしている。左門次たちを振り返ると、七人の男は一斉に立ち上がった。

左門次は窓へ突っ走り、屋根のうえに出ると大刀を抜き放った。廊下へ逃げた三人の男は、待ち受けていた辺見勇助に十手で撲《なぐ》り倒された。

あとの四人は、窓から屋根のうえに飛び出す。左門次は大刀の峰を返して、男たちを狙い打ちにした。直心影流《じきしんかげりゅう》の手練の早業《はやわざ》は、目にもとまらなかった。

そのうえ、正確に打ち込む。左門次の大刀の峰による一撃はすべて、四人の男の左胴の同じ位置に食い込んでいた。剣の達人の一撃を浴びれば、間違いなく気絶する。

四人の男は次々に、屋根から路上へ転がり落ちて、それっきり身動きもしなかった。辺見勇助に十手で叩きのめされた三人も、廊下で気を失っていた。

「この野郎が、巳之吉だそうだ」

辺見勇助が、いちばん若い色男の尻を蹴った。

左門次は銘酒屋の亭主に命じて、二、三百枚はありそうな二朱銀と巳之吉の持ち物を、残らず元町の自身番へ運ばせた。そのあと左門次と辺見勇助は、蘇生《そせい》させた七人の男を自身番まで引っ立てていった。

巳之吉だけを、土間にすわらせる。あとの六人は板敷きの小部屋へ押し込めて、自身番の定番《じょうばん》たちに監視させた。

「お前さん！　政吉さん、死んじゃいなかったんだね！」

おなつが金切《かなき》り声《ごえ》でそう言って、巳之吉のところへ駆け寄ろうとした。

おなつは、政吉であることを認めた。しかし、大三郎夫婦となると、そうはいかなかった。巳之吉に対して知らん顔でいたし、おなつが政吉さんと呼びかけたことに、大三郎夫婦はびっくりし仰天した。

「これが、政吉なもんかい」

「おなつ、お前どうかしちまったんじゃないのかい」

大三郎とおしんは、巳之吉に近づこうとするおなつを、あわてて引き戻した。

「姉さん、間違いないって、仮祝言を挙げた女房が、言っているんじゃないか。この人、政吉さんだよ」

おなつは必死になって、大三郎とおしんの手を振り切ろうとする。

「まあ、待ちねえ」

左門次が、おなつの前に立ちふさがった。

「尾形さま、ほんとに政吉さんなんです」

おなつは、涙ぐんでいた。

「おまえにとっては、確かに政吉だろうよ。だが、大三郎やおしんをはじめ桶町に住む職人たちからすれば、こいつは政吉じゃあねえってことになる」

「いったい、どういうことなんでしょう」

「大三郎、おしん、それと桶町の住人は飾り職人の政吉を、おめえを迎えに行かせるために甲州へと送り出した。政吉は、大月へ向かった。途中、上りは手形が必要な駒木野の御関所を、政吉はちゃんと通行していらあな。確かな関所手形を持っていたんだろうから、正真正銘《しょうしんしょうめい》の政吉に間違いねえ。ところが、その政吉は甲州へはいって間もなく、消えちまったのよ」

「消えたんですか」

「気の毒だが、殺されたんだろうな。殺したのは、ここにいる巳之吉だ」

「えっ」

「それから先の政吉は、この巳之吉が化けた政吉よ。巳之吉は政吉になりすまして、大月のおめえの実家へ乗り込む。本物の政吉の顔を知る者はひとりもいねえから、みんな巳之吉のことをおめえを迎えに来た政吉だと信じて疑わねえ。おめえや親兄弟もそうと信じて、仮祝言まで挙げることになったんだろうよ」

「そ、そんな……」

「次は、帰りだ。巳之吉が何よりも恐れたのは、御関所を通行するこった。この野郎は上州無宿のうえに、御関所で改められちゃあならねえ品物を胴巻に入れたり、腰に巻いたりしていたんでな」

「そんなことって、あんまりですよ」

おなつは、土間に両膝を突いた。

「その品物とは、こいつだろうよ」

左門次は巳之吉の目の前に、二朱銀数枚と鋳型《いがた》を投げ出した。
二、三百枚もある二朱銀は、すべて贋金《にせがね》だった。鋳型も贋金造りのためのもので、なかなか精巧にできていた。もちろん元飾り職人の巳之吉が、丹精こめて彫り上げた鋳型である。

贋金は全部、明和二年から通用している南鐐《なんりよう》二朱銀だった。表面に彫られた文字は、『以南鐐八片換小判一両』となっていた。二朱は、一両の八分の一に相当する。

それで、この南鐐八枚をもって小判一両に換算されると、二朱銀に明記してあるのだ。仮に二朱銀が二四〇枚あれば、三十両の贋金ということになる。

「さあ何もかも、正直に申し上げろい！」

辺見勇助は容赦なく、十手で巳之吉の肩を撲りつける。

このように荒っぽい定廻り同心の手にかかると、どんな大悪人だろうと恐れ入って白状する。巳之吉のような若造になると、震え上がって何でも喋ってしまう。

飾り職人だった巳之吉が、試しに造った贋金一枚がたちまちバレたことから、これはまずいと江戸を逃げ出したのは一年前。甲州の下吉田《しもよしだ》の知人のところに身を寄せてから、巳之吉は上州無宿となった。

そこで南鐐二朱銀の鋳型《すず》を完成させた巳之吉は、何としてでも江戸へ戻りたいという気になった。銀や錫のクズを集めるのも、贋金を大量に鋳造《ちゆうぞう》するのも、江戸でなければできないことだからである。

巳之吉は野田尻まで出て来たが、荷物改めが厳重な駒木野の関所を通る自信も勇気もない。上州無宿の巳之吉ではなく、堅気《かたぎ》の人間になりすますほかはない。

そんなとき出会ったのが、飾り職人の仲間として知っていた政吉であった。政吉はこれから、嫁を迎えに大月まで行くという。詳しい話を聞いているうちに、政吉と入れ替わったらどうかと巳之吉は思い立った。

後日のことを考えれば、甲州で顔を合わせただけでも政吉の口を封じなければならない。一石二鳥だと巳之吉は政吉を殺し、身につけているものをそっくり奪い取った。

政吉の死骸を野田尻の近くの山の中に埋めると、偽者《にせもの》の政吉になりきって巳之吉は大月まで引き返した。大月では政吉として歓迎され、おなつと仮祝言を挙げることになる。

やがて巳之吉とおなつは、江戸を目ざして出立《しゆつたつ》する。江戸の飾り職人政吉が、女房を連れて帰るということであれば駒木野の関所でも、それほど荷物改めは厳しくなかろうと踏んだのだ。

だが、いざ小仏峠にさしかかると、やはり駒木野の関所が恐ろしくなる。それで関所を避けて通りたいの一心から、巳之吉は一計を案じておなつを山中に誘う。

おなつをまんまと騙《だま》して、極《ご》く自然に関所破りを果たしたのであった。あとは江戸へ直行すればいいのだが、京橋の桶町につくと同時にたちまち偽者の政吉であることが発覚する。

おなつのそばから、逃げ出しても怪しまれる。本物の政吉は生きていないことだし、偽者の政吉も死んだとなれば帳尻が合うだろうと、巳之吉はまたしても悪知恵を働かせた。

折から増水した多摩川の濁流を、舟で渡ることになった。恐怖の余り立ち上がって濁流へ落ち込むという芝居を演じ、巳之吉は改めて政吉の存在を消し去った。泳ぎが達者な巳之吉は、はるか川下まで流されてから岸に上がる。登戸の渡し場付近の葦《あし》の茂みに、政吉の笠や振分け荷物を投げ込んだうえで、巳之吉は江戸へ舞い戻った。

巳之吉は六人の悪い仲間とともに、銀と錫のクズを大量に集めて、南鐐二朱銀の贋金を鋳造した。二カ月以上が過ぎて、政吉の笠や荷物が見つかって間もないころ、三十両分の贋金が完成したのである。

以上のように、巳之吉は白状した。

「何もかも、正直に申し上げました。何とぞ、お上の御慈悲《ごじひ》を……」

平伏《へいふく》して、巳之吉は号泣を続けた。

「いまさら、御慈悲も何もあるものか！　生娘《きむすめ》と仮祝言をすませたうえで、さんざんいい思いをしやがって……」

辺見勇助は何か余計なことで、激怒しているようであった。

「おめえがお縄を頂戴《ちょうだい》することになった元はと言えば、おなつに何度となく聞かせた〝じょうしゅうやのおっきりこみか、ああたまらねえ〟というつぶやきだ。生国の名物の煮込みうどんの味が、おめえの罪を許さなかったんだろうぜ」

左門次は、食べものの味を忘れられないことも、人間の業《ごう》のひとつだと思い知った。

一件は、落着した。

大いに得をしたのは、辺見勇助である。政吉殺しの下手人とともに、贋金造りの一味まで召し捕って、大手柄だと北町奉行より称賛のお言葉を賜《たま》わったからだった。

高積見廻りにはいっさい関係のないことであり、尾形左門次の名前すら北町奉行の口に出なかった。

巳之吉の仲間六人は、通貨偽造の罪で引き廻しのうえ磔《はりつけ》の刑に処せられた。

巳之吉の場合は、殺人、関所破り、通貨偽造と三度の極刑に相当する罪で、命が三つも必要であった。結局、巳之吉のお仕置は引き廻しのうえ磔、そして獄門ということになった。

おなつについては、道中に関所ありと知らずして山越えいたし候《そうろう》もの罪に問わず、という判例に従って『お構いなし』であった。

恵比寿講の十月二十日になって左門次は、これからお礼に伺《うかが》うところだったという大三郎とおしんに、早朝の本八丁堀の川っぷちで鉢合《はちあ》わせをした。おなつは、甲州の大月へ帰ったという。

「まことに、ありがとうございました」

大三郎夫婦は、しきりと頭を下げている。

「なあに、やるだけのことをやったまでよ」

お助け同心の役目を果たしたときのセリフを、尾形左門次は今日も口にした。

本物の政吉は殺され、偽者の政吉は地獄へ送られる。おなつが、哀《あわ》れでならなかった。

第四話　未亡人の時効

いい女になったねぇ——。

おそめを見かけた者は、異口同音にそう言って目をまるくする。娘の時分から神田小町と評判だったおそめだが、いままた改めてそのように再確認するのだ。

美人の小町娘が、色っぽい美女になったのである。それは二年間の夫婦生活によるものだと、世間は暗黙のうちに結論づけていた。

おそめは、十八で嫁にいった。嫁ぎ先は、小石川の乾物問屋であった。そこの長男に、見染められたのである。美人は、玉の輿《こし》に乗る。

おそめは二年間、乾物問屋の若旦那の女房でいた。だが、若旦那は風邪が熱病に変じて、咲いたばかりの花が散るようにあっさりとこの世を去った。

乾物問屋には、二男も三男もいた。おまけに長男とおそめのあいだには、まだ子どもができていなかった。おそめは乾物問屋にとって、無用の長物となった。

半年ほど乾物問屋に居残って喪《も》に服したが、そのあとのおそめは実家へ帰されることになる。去年の十月に、おそめは内神田の須田町の実家へ戻って来た。

とたんに、見違えるように色っぽくなった美女として、おそめは世間の注目を集めた。たちまち多くの男たちが、おそめに岡惚《おかぼ》れしたようだった。

しかし、おそめには実家にも、落ち着ける場所が見出せなかった。玉の輿から追い返されて来た未亡人は、質的には出戻り娘と少しも変わらない。

筋違御門《すじかいごもん》前の火除地《ひよけち》に面した須田町には、諸国からの水菓子が集荷してくる。そこには問屋が軒《のき》を連ねていて毎朝、水菓子の市が立つことになる。

おそめの実家も、その水菓子問屋の一軒であった。問屋といっても、大勢の奉公人を必要とするような商売ではない。一家総出で働けば、人手はそれで十分なのである。

おそめの両親、長男と二男夫婦、それに弟や妹と働き手がそろっている。おそめの割り込む余地はなく、邪魔者か余計者でいなければならなかった。

居候《いそうろう》と大差なく、実家の家計に負担をかける。それでは何とも、居心地が悪い。

おそめは、今後の身の振り方を考える。再婚するか、奉公に出るかであった。

だが、二十一歳の未亡人となると、ちゃんとした奉公口は望めなかった。再婚するとしても、子持ちの男の後妻とか、二十も年上の男とかに相手は限定される。ほかに喜んでお世話したいと口をきく人間が多いのは、囲い者すなわちお妾《めかけ》さんにという話だった。そうしたどれもが、おそめには気に入らない。

いまさら高望みをするつもりはないが、惨《みじ》めになるとわかっている将来を選びたくはなかった。おそめはとりあえず、柳橋の料理茶屋『鶴政《つるせい》』で働くことにした。

鶴政は柳橋でも一流とされ、客筋がいいことでも知られる料理茶屋であった。その鶴政のおかみさんから是非にと頭を下げられて、おそめは承知した。

仕事は手伝いという名目で、料理を座敷へ運ぶだけでいい。須田町の実家から通いであっても構わないし、賃金は決して安くないという好条件だった。

一方の鶴政のおかみさんの狙いも、みごとに的《まと》を射ることになった。おそめの評判が大変で、料理茶屋の客筋の人気を呼んだのである。

おそめが働くようになってから、鶴政の客の数と売り上げは倍増した。おそめが料理を運んで行くだけで、どの座敷でも拍手が湧いたり掛け声が飛んだりだった。

十八で嫁にいって二年間、すっかり熟した女になったところで、亭主に死なれた。二十になっての十月に実家へ戻り、それから更に一年がすぎようとしている。おそめはもう一年半も、男を断っているのだ。さぞかし、苦しいことだろう。独り寝に火照《ほて》る身体を、おそめは持て余しているのに違いない。淫《みだ》らな男と女から成る世間というものは、そんなふうに勝手な想像を楽しんでいる。何とかしないと身体に毒だろうと、余計な世話まで焼きたがる。

ところが、そういう好色な見方がいっそう、おそめの人気を沸騰《ふっとう》させるのだから、世間とは不思議なものである。おそめに本気で熱くなる客も、増える一方であった。

鶴政で働くようになってからは、おそめの魅力にも一段と磨きがかかる。巧《たく》まざる媚《び》態《たい》と自然な色気が、遊び慣れた男どもを魅了する。

年が明ければ二十二になるというおそめは、いちばん食べごろの年増《としま》と見られる。女体《にょたい》も、成熟しきっている。しかも女盛りに、男っ気なしのおそめなのだ。

何とか口説き落として、おそめを囲い者にしたいと下心を持つ旦那衆が、何人もいるのは当然のことであった。その中でも、最もおそめにご執心なのが丁字屋《ちょうじや》銀蔵《ぎんぞう》だった。

銀蔵は四十歳、日本橋通一丁目の紅白粉《べにおしろい》問屋『丁字屋』の旦那である。この丁字屋銀蔵はおそめをお目当てに、せっせと鶴政へ通って来ていた。

いつもひとりでというわけにはいかないので、銀蔵は何人か連れて料理茶屋へやってくる。あっという間に丁字屋銀蔵は、鶴政の最上の客となった。

銀蔵は、おそめに酌《しゃく》を頼む。いろいろと事情がわかっている客なので、おそめも邪険にはできない。おそめは銀蔵の横にすわって、五杯までに限り酌を務める。

ただし、それ以上の口説き文句には、いっさい耳を貸さなかった。悪いようにはしないからと銀蔵が懇願《こんがん》しても、おそめは無愛想な顔でそれを無視することにした。

それでもまだ丁字屋銀蔵が、若者のように頰を紅潮させているうちはよかった。銀蔵がむっつり黙り込むと、ゾッとするようないやらしい目つきになる。

半分は笑い、半分すわったような目で、じっとおそめを見つめるのだ。ふと気がつくと、その目がおそめの腰や尻を舐め回している。無遠慮におそめの下腹部に、視線を突き刺したりすることもある。

文化十一年十月二十日、上野の寛永寺《かんえいじ》の本坊が火事で焼けた。同じ日の夜、柳《やなぎ》原《わら》通りに追剝《おいはぎ》が出た。それから三日後の十月二十三日にも、丁字屋銀蔵は鶴政へ出かけて来た。

毎度のことだが銀蔵の尻は長く、宴会のお開きは遅くなる。この日も宵《よい》の五ツ、午後八時になって銀蔵の連れは引き揚げた。銀蔵も最後に鶴政を出ていった。酔いを醒ますのに両国広小路まで歩いていくと、銀蔵は駕籠《かご》も呼ばずに帰ったらしい。どこかその辺で銀蔵が待ち伏せしているのではないかと、おそめはいやな予感がした。

しかし、おそめも帰りを急がなければならないので、余計なことに構ってはいられなかった。間もなく鶴政をあとに、おそめは須田町へ向かった。

柳橋の目の前が、浅草御門であった。それから先が、柳原通りになる。筋違御門までの十丁たらず、一キロにわたって神田川の南岸の土手に柳が植わっている。

それで、柳原通りという。昼間は神田川をたくさんの川舟が往来するし、古着屋と古道具屋の屋台店がずらりと並ぶので、盛り場のように賑やかである。

だが、夜になるとそれが一変する。男女の密会の場所になったり、夜鷹《よたか》が出没したりの寂しい道が闇の中へ伸びている。今夜は特に、人通りが完全に途絶えていた。

寛永寺の火事にショックを受け、追剝が出たということで、誰もが夜歩きを控えているのだろう。闇の中に浮かぶのは、おそめの持つ提燈《ちょうちん》だけであった。

柳原通りの三分の二をすぎると、最も暗いとされている場所にさしかかる。左側に、御籾蔵《おもみぐら》が続くのだ。右側は同じ柳原の土手であっても、柳森稲荷《やなぎもりいなり》の境内を囲む樹木が鬱蒼《うっそう》と茂っている。

近くには明かりのひとつもなく、別世界のように感じられる。筋違御門も須田町も目と鼻の先だと思いながら、おそめは通い慣れている道が急に恐ろしくなった。

陰暦の十月下旬は初冬であり、夜風が身にしみるように冷たい。しかし、そうした寒さにもかかわりなく、おそめは身体の震えがとまらなくなっていた。

背後にヒタヒタと、足音が迫ってくる。それでもおそめには、振り返ろうとする勇気がない。とたんに、おそめは羽交《はが》い締《じ》めにされていた。声を出すこともできないおそめの口を、男の手が強い力でふさいだ。

男はおそめを抱えて、柳森稲荷の境内へ引っ張り込んだ。そのまま赤い鳥居が連なる石段をのぼり、神殿の裏手までおそめを引きずっていく。

おそめは、地面に押し倒された。おそめの手から落ちた提燈がパッと明るくなった。男の顔が、照らし出された。必死の面持《おもも》ちでいる男は、紛《まぎ》れもなく丁字屋銀蔵だった。

「やっぱり、旦那だったんですね！」

おそめは、怒声《どせい》を発した。

「おそめさん、堪忍しておくれ。わたしはもう、我慢できないんだよ」

哀願《あいがん》するように言って、銀蔵はのしかかって来た。

「いや！　やめてください！」

おそめは暴れたが、大男の銀蔵の下敷きにされては、抵抗にもならなかった。

「わたしと情を交《か》わしてしまえば、おそめさんも気持ちのうえで踏ん切りがつくだろうよ。そうすれば、わたしの囲い者になるという話だって、承知しておくれだろう」

銀蔵は取り出した三尺手拭《てぬぐ》いを、おそめの口の中へ詰め込んだ。

そうされては、叫んでも声にならない。銀蔵は荒々しく、おそめの着物の裾《すそ》をまくり上げた。そのうえで、前を開かれると、おそめの下半身がむき出しになる。

銀蔵の膝が、おそめの太腿《ふともも》を割る。銀蔵の手が、おそめの女の部分に触れる。

その一方で銀蔵は乳首を捜して、おそめの胸に顔をすりつけていた。

身動きできないが、おそめの両手は自由である。何とかするには、銀蔵がわれを忘れているいましかない。おそめは口の中から、三尺手拭いを抜き取った。

おそめは素早く、銀蔵の首に三尺手拭いを巻きつけた。力いっぱい三尺手拭いを引き絞ると、銀蔵は驚きと苦しさに身体のバランスを失い、地面に転がった。

おそめは起き上がって、交差させた三尺手拭いを更に絞り上げた。転がった瞬間に頭を石に打ちつけたらしく、銀蔵に飛び起きる力はなさそうだった。

銀蔵の苦悶《くもん》の表情を見まいとして、おそめは目をつぶった。だが、三尺手拭いを緩《ゆる》めることはなく、無我夢中で銀蔵の首を絞め続けた。やがて、おそめは目を開いた。

もはや銀蔵は、動かない人間になっていた。おそめは、三尺手拭いを手放した。全身の力が抜けて、足元がふらふらした。息苦しさに、心の臓が破れそうであった。

柳森稲荷の境内から、おそめは逃げ出した。腑《ふ》抜《ぬ》けのような足どりで、おそめは何とか須田町の家にたどりついた。自分のやったことが、どうにも信じられなかった。

これは夢の中の出来事だと思うように努めながら、ついに一睡もできずにおそめは夜明けを迎えた。まだ暗いうちに家を抜け出して、おそめは柳森稲荷へと向かった。恐怖に震えながら、おそめは神殿の裏へ回った。

夢ではなかった。夜明けの朝靄《あさもや》の中でも、丁字屋銀蔵が死んでいる姿ははっきりと認められた。銀蔵の死骸は両足を開いて投げ出し、両手の指が地面に食い込んでいる。

雪駄《せった》が散らばり、汚れていない白い足袋《たび》が生々しい感じだった。死骸は、霜《しも》に覆《おお》われていた。銀蔵の首には、三尺手拭いが巻きついている。提燈の燃えたあとも、そっくり残っていた。

何度、目をこすっても変わりはない。おそめは、絶望感に打ちのめされた。どうしていいものか、わからなかった。丁字屋銀蔵を殺しましたと、町奉行所に自訴《じそ》するほかはないのだろうか。

「おそめちゃんじゃあねえのかい」

不意に、男の声がした。

「きゃっ！」

飛び上がって、おそめは驚いた。

神殿の縁の下から、一升徳利を手にした男が這《は》い出して来た。着流しに雪駄ばき、月代《さかやき》を伸ばした遊び人風の男だった。二十五、六だろうが、なかなかの色男である。

「お前は、茂八《しげはち》さん……」

おそめは男の顔を、忘れていなかった。

茂八の親兄弟は、いまでも須田町二丁目に住んでいる。茂八とおそめは、同じ町内で育った幼馴染《おさななじ》みであった。年ごろになって、茂八はおそめに惚れた。だが、おそめはそんな茂八を、相手にもしなかった。

以来、茂八の素行《そこう》が悪くなったというのが、世間の定説になっている。おそめの嫁入りが決まると、茂八は家を飛び出した。それっきり、茂八は須田町にも寄りつかないという。

どうやら茂八は、一人前の遊び人になったようである。親は息子が悪事を働くのを恐れ、久離帳外《きゆうりちようがい》という形で茂八の戸籍を抹消した。それで茂八は、無宿人にもなっているわけだった。

「真夜中まで飲んじまって宿もねえから、お稲荷さんの縁の下をお借りしたのよ」

茂八は、一升徳利に口をつけた。

ゴクゴクッとやってから、茂八は銀蔵の死骸に気がついた。茂八はハッとなって、反射的に後ろへ飛びのいた。茂八は、おそめと死骸とを見比べた。

「このお方は、日本橋通一丁目の丁字屋の旦那さんでしてね」

おそめは、泣き出していた。

「おそめちゃんが、この旦那を手にかけたのかい」

茂八は、愕然《がくぜん》となった。

「わたし、どうしましょう」

おそめはその場にすわり込んだ。

「ざっとでいいから、こうなっちまった子細を聞かせてくんねえ」

茂八は、おそめの顔を覗き込んだ。

「それが、こんな事情なんでして……」

おそめは茂八に包み隠さず、こういう結果を招くまでの経緯《いきさつ》を話して聞かせた。

朝の日射しが、明るさを増している。まだ氷は張らないが、かなり冷え込むようである。茂八の素足の指が、赤くなっていた。打ち明け話を終えたおそめの目に、山茶花《さざんか》の赤い花が映じた。

茂八は、考え込んでいる。考えながら、一升徳利の中身を飲む。しばらくして茂八は、ピシャリと膝を叩いた。

「おいらも、ちったあ顔の利く遊び人よ。おそめちゃんの力にもなれねえんじゃあ、男が立たねえやな。いいから、おそめちゃん大船に乗ったつもりで、このおいらに何もかも任せてくんねえ」

茂八は、胸を張ってニヤリとした。

「任せるって、どうすりゃいいんですか」

おそめには何となく、茂八が頼もしく思えて来た。

「おめえさんは、これからすぐに家に帰る。それで何かうめえ口実を言って、十日ばかり出かけて戻らねえって、おっかさんにでも話して聞かせるんだ。おそめちゃんも娘じゃあねえんだから、おっかさんが首を振るってことはねえだろう」

「わたしがいないほうが助かるんだから、ああそうかいって言うでしょうね」

「だったら、どうしても必要だってものを荷物にまとめて、大急ぎでここへ引っ返して来ねえ」

「それで、どうするんです」

「逃げるのよ」

「逃げたりしたって、どうにもなりはしないでしょうに……」

「大丈夫だって。一年のあいだ辛抱して身を隠していりゃあ、おめえさんの罪は消えるんだぜ」

「ほんとうに……？」

「あれ、おめえ知らねえのかい。一年すぎるのを待てば旧悪ってことになって、いっさい罪には問われずってのが、天下のご定法なんだよ」

「だけど、一年のあいだ身を隠すなんて、容易なことじゃないでしょう」

「おいらには、心当たりがある。そこへおめえを連れていって、匿《かくま》ってもらうようにおいらが話をつける。その隠れ家だったら、人目につく心配はまったくねえ」

「そうですか」

おそめは、肩を落としていた。

「さあ、この死骸が見つからねえうちに、ずらからなくっちゃあならねえ。急がねえと、取り返しのつかねえことになるぜ」

茂八は、おそめを急《せ》き立てた。

茂八の好意に甘えて、すべてを任せるほかはなかった。おそめは意思のない人間になって、茂八の指示に従うことにした。須田町の家に戻ると、おそめは大急ぎで荷物をこしらえた。

家には、母親だけがいた。その母親は、おそめの荷作りにも驚かなかった。ただぼんやりと、娘を見守っているだけだった。

「一年奉公の口が急に決まったんでね。これから奉公先へ、挨拶に出向きます。落ち着いたら、詳しいことを知らせるから……」

おそめは十日などとは言わずに、一年先まで帰らないことを母親に告げた。

「そうかい。まあ身体だけは、気をつけてね。便りを、待っているよ」

果たして母親は、こういった調子だった。

おそめは再び、柳森稲荷へ取って返した。鳥居の下で、茂八が待ち受けていた。その足で上野の寛永寺へ向かった。下谷《したや》から、谷中《やなか》へ迂回《うかい》した。

寛永寺のある上野台の西側が、広々とした谷中の地域であった。そして、上野台の北側の山陰一帯が、根岸《ねぎし》ということになる。谷中も根岸も、寺院のほかは田畑だった。

茂八がおそめを案内した家も、根岸の里の静かなたたずまいの中にあった。音無川《おとなしがわ》を目の前にして、後方に五行松《ごぎょうのまつ》の不動尊がある。荒川までは見渡す限り、田地が広がっている。

道灌山《どうかんやま》が見える。二年前に佐竹右京大夫《うきょうだゆう》の下屋敷が道灌山に造られたが、月と虫聞きの名所として知られるので行楽の地も残されている。その道灌山の周辺が日暮《ひぐらし》の里、いまの日暮里《につぽり》である。

室町時代からの古い村で眺望絶佳《ちようぼうぜつか》の地、四季を通じて風雅の道に興趣は尽きずと、これが根岸の里だった。したがって、風流人の別宅や隠居所が点在している。

近くに百姓町屋があっても、町人地はまるでない。江戸町奉行所の支配からもはずれている。何よりも人が少ないので、安全なことこのうえなかった。

おそめが隠れ棲《す》むことになった家も、隠居所か寮（別荘）らしく凝った造りであった。自然の樹木に囲まれた一軒家には、五間からの部屋がある。

おそめとしては、お屋敷にひとりで住むような心地だった。だが、物騒なことには無縁の地なので、恐ろしさは感じなかった。食料品などは何でも、百姓町屋の商店で売っている。

おそめの潜伏《せんぷく》生活に、不自由はなかった。十日に一度は、茂八が様子を見に来た。おそめの敵は、退屈と寂しさだけであった。それでも、日は確実にすぎていく。

冬が去る。文化十二年の春を迎える。二月、江戸の高利貸し取締令。三月、金沢の大火。四月、日光山で家康の二百回忌。そんな噂を耳にしているうちに、五月になって夏が訪れた。

おそめには、困ったことができた。手元に、銭がなくなったのである。あと半年どころか、十日もしたら無一文になる。食べるものも、買えなくなるのであった。

ふらっと現われた茂八に、おそめはそのことを話した。茂八は珍しく、遅くまで帰らずにいた。徳利の酒を、飲んでいる。そして茂八は初めて、おそめの身体に触れた。

いきなり衿《えり》を広げて、その奥へ手を差し入れるという触れ方だった。茂八はおそめの乳房を、そっと手の中に包み込む。二本の指が、柔らかく乳首を挟んでいる。

おそめは、逆らわずにいた。欲望があるわけではなく、そうされるのが当然という気がしたのだ。茂八には、恩と義理がある。求められれば、拒否はできない。茂八が今日まで我慢していたのが、むしろ不思議なくらいであった。それに、おそめには寂しさもある。抱きしめられて肌を合わせれば、孤独感も薄らぐのに違いない。

おそめは茂八を、受け入れるつもりになった。すると、本物の欲情が湧いて出て、おそめの身体を熱くした。乳首に触れられているのも、強い刺激になった。

抱きしめられて舌を吸われると、おそめの頭の中は空《から》っぽになった。全身を弛《し》緩《かん》させて、おそめは仰向《あおむ》けに倒れ込んだ。おそめは、喘《あえ》ぎながら身悶《みもだ》えた。茂八はおそめの下肢《かし》を開き、身体を重ねて熱い息を吐いた。おそめは二年ぶりに、鋼鉄のような男のものに貫かれ、満たされるときの陶酔感を味わった。

恥じらいを忘れて、おそめは声を洩らした。茂八の猛々《たけだけ》しい動きに、おそめも夢中で合わせた。島田に結《ゆ》い直した髷《まげ》が崩れるのも、おそめは気にならなかった。

いつ果てるともなく、男と女は呼応しての攻めを繰り返した。おそめは何度となく、これまで知らなかった極楽の狂乱へ追いやられた。おそめの女悦《にょえつ》の声が、とまらなくなっていた。

茂八が精を放ったときのおそめは、全裸に近いようなあられもない姿でいた。そうした肌を隠そうともしないで、おそめは放心状態にあるように動かなかった。

「食っていくためには、仕方ねえだろう。おめえあと半年のあいだ、お手当をたっぷりくださる旦那の囲い者になるんだな。この話は明日にでも、おいらがまとめるぜ」

起き上がって、茂八が言った。

半ばどうでもいいという気持ちから、おそめは無言でうなずいた。

「旦那ってえのは、おめえも知っているお方よ。何度も鶴政で顔を合わせているそうだが、浅草諏訪町《すわちょう》の『青梅屋《おうめや》』の旦那だ。実は青梅屋の旦那は、この寮をそっくり買い取りなすってな。おめえをこのまま、ここに住まわせておきてえってことらしい。月々のお手当は十両、ほかに欲しいものは何でも買ってくださるそうだから、こんな結構な話はまたとねえだろうぜ」

茂八は、おそめの着物の前を合わせた。

「わたしは、あの青梅屋の旦那が嫌いでね」

おそめは、寝返りを打った。

「半年の辛抱じゃあねえかい」

茂八は、おそめの尻を撫《な》で回した。

茂八とも情を通じてしまった身体だし、もうどうでもいいだろうさとおそめは思った。

おそめは浅草諏訪町の紙問屋、青梅屋正右衛門《しょうえもん》の囲い者となった。お手当は一カ月に十両、欲しいものは何でも買ってよろしい、結構な寮に住まわせてもらい、通いの小女《こおんな》まで雇ってくれた。

確かにおそめは、恵まれた囲い者だった。青梅屋正右衛門は五日に一度の割で、はるばる駕籠《かご》に揺られてやってくる。一泊して翌日の午前中に、今度は徒歩で浅草諏訪町へ帰っていく。

ところが、おそめは何としても、正右衛門が好きになれない。これという理由がないのだから、生理的嫌悪感なのに違いない。いくら身体をひとつにしても、情が湧かなかった。

それなのに、いやらしいほど好色で、五十歳とは信じられないくらいに精力絶倫ときている。根岸の妾宅《しょうたく》にくると宵、夜中、朝と正右衛門はおそめに情交を求める。

それもまず、全裸にしたがるのだ。そうしたうえでおそめの全身に、恥知らずな愛撫《あいぶ》を施さないと気がすまない。更にあれこれと体位を変えて攻め立てる。

好きになれない男が相手となると、おそめには地獄の責め苦にも感じられる。しかし、それでいて女の業《ごう》が独り歩きをすることから、おそめもいつかは女悦の極みに達してしまう。

そうした自己嫌悪も加わって、おそめの苦痛は倍加する。それに何とか耐えられるのは、今年の十月いっぱいまでだという唯一の希望が、おそめの心の支えになっているからだった。

夏が去り、秋も深くなった。指折り数えていた十月の晦日《みそか》が、次第に近づいてくる。ついに十月にはいり初冬が訪れた。長い長い潜伏生活にも、間もなく別れを告げる。

「あと七日で、お暇をいただくことになりますね」

十月二十三日の夜、根岸の妾宅へやって来た正右衛門におそめは言った。

「何の話かね」

正右衛門は、盃《さかずき》を差し出した。

「十月いっぱいで、という話ですよ」

一年前の今夜に丁字屋銀蔵を殺しているのだと、酌をするおそめの背筋が冷たくなっていた。

「そんな話、わたしは知りませんよ」

正右衛門は、苦笑した。

「いやですよ、旦那さま。そういう取り決めだったんですから……」

「誰とそんなふうに、取り決めたのかね」

「茂八さんから、十月までという取り決めだと、聞きました」

「それなら、茂八さんとの取り決めであって、わたしが約束したことにはなりませんよ。商売と同じで、肝心《かんじん》な取り決めは当人同士ですませなければいけませんぜ」

　正右衛門は、顔の前で手を振った。

「そんな」

　おそめは胸の奥に、鋭い痛みを感じた。

　二日後に茂八が、根岸へ飛んで来た。青梅屋正右衛門から、どうして勝手に期限を定めるような取り決めをしたのか、話をちゃんとまとめ直してこいと、厳しく言い付かって来たという。

「わたしは、十月いっぱいという取り決めどおりのつもりでいますからね」

　最初から憤慨しているおそめは、茂八にお茶の一杯も出そうとしなかった。

「弱りやしたね、おそめさん」

　縁側に腰を据えて、茂八は薄ら笑いを浮かべていた。

「茂八さんだって何度も、半年の辛抱だって言ったじゃありませんか」

「ええ、言いましたとも。そんなふうに言うのが、あのときの道理には適《かな》ってありやしたからね。だけどねえ、青梅屋の旦那にその気がねえってなると、こいつはちょいとばかし難しい」

「旦那さまには、期限を定めた覚えがないってことなんでしょ」

「旦那は三年でも五年でも、男である限りはおそめさんを手放したくはねえそうですよ。おそめさん、どうでしょう。旦那の言いなりになったほうが、おめえさんにとっても得だと思いやすがね」

「冗談じゃありませんよ」

「波風を立てずに無事にいられるってのが、おめえさんにだって何よりじゃねえんですかい」

「それはまた、どういうことなんです」

「おそめさんの丁字屋銀蔵殺しを知る者は、この世に二人いるってことでさあ。おいらと、青梅屋の旦那でござんすよ」

「何だって……！」

「おいらうっかり口を滑らしちまって、丁字屋銀蔵殺しの一件を青梅屋の旦那の耳に入れるってえ羽目になりやしてね」

「だから、わたしはお前や旦那さまには逆らえないって、お言いなのかい」

　おそめは顔色を失っていた。

「たとえ旧悪となって罪を免《まぬが》れようと、丁字屋銀蔵殺しの下手人はおそめさんだと世間に知れ渡ったら、この先まずいことになるんじゃあねえんですかい」

茂八は凄《すご》みを利かせるように、パッと着流しの裾をまくって足を組んだ。

「脅《おど》すのかい」

おそめの声は弱々しくなっていた。

まさしく、脅迫《きょうはく》であった。それも、屈せざる得ない脅迫といえた。その脅しをはね返さない限り、おそめはいつまでも青梅屋正右衛門の囲い者でいなければならない。

だが、それだけは御免だった。我慢も忍耐も限界を超えている。正右衛門との情事から解放されなければ、当分は地獄から脱け出せない。お先真っ暗とは、このことである。

五日ばかり、おそめは考え込んだ。その結果、人知れず根岸の妾宅から逃げ出すほかはない、という答えが出たのであった。

十一月二日、おそめは逃亡を決行した。夜明け前に根岸の里をあとにして、谷中の感応寺《かんのうじ》の裏側の芋坂《いもざか》、更に善光寺《ぜんこうじ》坂をのぼる。東叡山《とうえいざん》寛永寺の御山内に沿って、松平伊豆守《いずのかみ》の下屋敷の脇を南へ抜ける。

前方に、不忍池《しのばずのいけ》が見えてくる。おそめは、上野広小路まで歩いた。すっかり朝になった広小路で、駕籠屋に立ち寄る。そこから初めて、おそめは駕籠に乗った。荷物は何ひとつ、持って出なかった。蓄えておいたお手当の六十両だけを、腹に巻きつけている。六十両もあれば心強く、当座の暮らし向きには困らない。

この時代の六十両は、裏長屋であれば、五十年分の家賃に相当する。下働きの女奉公人の場合だと、二十年分の給金となる。とりあえず柳橋の鶴政へ行こうと、おそめは決めていた。

駕籠は上野広小路から南へ、下谷御成《おなり》街道を突っ走った。やがて筋違御門の付近で、神田川にぶつかる。神田川の対岸には、おそめが生まれ育った須田町とその界隈、それに柳原通りがある。

いまはそれが懐《なつ》かしいはずもなく、おそめは神田川の対岸へ目をやらなかった。駕籠は左に折れて、神田川と火除地《ひよけち》に沿った道を東へ向かっていた。

おそめの視線が、ふと熱っぽくなった。見覚えのある人間が、神田川の河岸《かし》に立っていたのだ。着流しに三つ紋付の黒羽織、裏白の紺足袋《こんたび》に雪駄ばき、両刀を腰にしている。

小銀杏《こいちょう》という粋《いき》な髷も特徴のひとつで、八丁堀の旦那だとひと目で知れる。お助け同心の尾形《おがた》の旦那だよ――と、温かいものがおそめの胸をふくらませた。

おそめは尾形左門次《さもんじ》と二度ばかり、鶴政で顔を合わせたことがあった。尾形左門次は、高積見廻り《たかづみ》というパッとしないお役目についている。

だが、その一方で罪を犯した町人の相談に乗ってやり、知恵も力も貸そうという風変わりな北町奉行所の同心とされている。それで尾形左門次のことを、お助け同心と呼ぶ者が多いという噂も、おそめは耳にしていた。

「ちょいと、止めてくださいな」

おそめは咄嗟《とっさ》に、駕籠かきに声をかける。

駕籠が止まったところで、おそめは地面に履物《はきもの》を置く。お助け同心の力を借りたら、何とかなるかもしれない。そのことばかりを、おそめは考えていた。

おそめは駕籠を帰して、火除地を小走りに横切った。そうした気配を感じて、長身の尾形左門次が振り返る。突如いい女が現われたので、左門次はほうっという表情でいた。

「旦那はお忘れでしょうが、柳橋の鶴政で働いておりましたおそめでございます。二度ほど、お目にかかっております」

おそめはいまや、必死の面持ちであった。

「男はいい女を、忘れねえものさ」

左門次の彫りの深い顔が、ニッと綻《ほころ》んだ。

尾形左門次とおそめは、神田川の河岸に沿って歩いた。左門次には常時、二人のお供が従っている。背中に木刀を差した中間《ちゆうげん》と、御用箱を担いだ小者《こもの》だった。

その二人もいまは、距離を保って追って来ていた。おそめが一命にかかわるほどの重大な相談を持ちかけてくるとは、左門次にも二人のお供にも読めている。それで中間と小者は、遠慮しているのである。

おそめは、打ち明け話を始めた。この場合、隠し事は禁物であった。いかに恥ずかしいことだろうと、正直に左門次の耳に入れなければならない。

おそめは一年以上も前からのことを、何から何まで詳しく話して聞かせた。左門次は、いっさい口をはさまない。聞き上手というのか、素直にうなずくだけである。

左側は佐久間町の一帯だが、神田川の水運を利して材木商と薪炭商《まきずみしよう》が多かった。当然、神田川の河岸にはそうした商家へ運ばれる荷物、商品が山ほど積み上げられることになる。

そのために左門次のような高積見廻り同心は、常に佐久間町一帯の河岸に対して目を光らせている。町の美観を保ち、交通妨害を断ち、火災による危険防止を目的に、江戸市中の路上に積み上げられる荷物の高さには一定の制限がある。

それを厳しく見張って取り締まるのが、高積見廻り同心の役目だった。特に佐久間町が七十八年前の大火で類焼を防げなかったのは、河岸に積まれた木材、竹材、薪炭のせいであるとされている。

それで火除地を広くしたうえに、河岸の荷物置場は極《ご》く一部に縮小された。しかし、いまもなお高積見廻り同心は、佐久間町の河岸への監視と警戒を緩めていない。

そういった役目なので、高積見廻り同心は地味な存在であった。岡っ引を引き連れて、犯罪者を追う定廻《じょうまわ》り同心のように、八丁堀の旦那の花形ではなかった。唯一の長所は、仕事がきつくないことぐらいだろう。

「子細は包み隠さず、何もかも申し上げました。この先どうしたらよいのかわからない女を、どうかお助けくださいまし」

おそめは立ちどまり、改めて頭を下げた。

「こいつはどうも、まずい話だぜ」

左門次は足をとめて、神田川の対岸を眺めやった。

皮肉にも正面の向こう岸に、おそめが丁字屋銀蔵を殺した柳森稲荷が見えていた。

「何がまずい話なんでしょうか」

すがるような目で、おそめは左門次を見上げた。

「おめえは旧悪ってものが、よくわかっちゃあいねえんだろう。それで、一年がすぎりゃあ旧悪となって、罪に問われねえのが天下のご定法だと、茂八とかいう野郎の口車にまんまと乗せられたのよ」

左門次は右手で、左の肩を揉んでいた。

左門次はおそめに、旧悪に関する説明を聞かせた。

旧悪とは、時効のことである。十二カ月がすぎた罪を旧悪と称して、これを処罰しないことになっていたのだ。すなわち一年たてば、時効が成立するのであった。

江戸時代の御定書百箇条によると、一部を除いたほとんどの犯罪の時効は、わずかに一年ということになる。では、いつまでたっても時効が成立しない除外例とは、どういう犯罪だったのか。

次の九例であった。

一　逆罪（主殺《あるじごろ》し・親殺し）
二　邪曲《じゃきょく》の殺人（非道の殺人犯）
三　火附《ひつけ》（放火犯）
四　追剝《おいはぎ》
五　他家に押し入った盗賊（家宅侵入した強盗犯）
六　徒党を組んで他家に押し入った者
七　役儀につき私欲押領《おうりょう》が度重なる者（役人が公務を利用して繰り返した横領罪）
八　永尋《ながたずね》（無期限指名手配）されている逃亡中の罪人
九　死罪以上に相当する罪を犯した者

おそめの丁字屋銀蔵殺しは、不義を仕掛けられて抵抗しているうちに、無我夢中でやったことといえる。半ば過失であり、喧嘩による殺人とあまり変わらない。おそめが処刑されるとしても、付加刑のないゲシニンになることは間違いなかった。同じ死刑であっても、ゲシニンは死罪よりもやや軽いのだ。

ゲシニンならば、死罪以上の罪を犯した者という項目にも該当しない。したがって、おそめの銀蔵殺しは一年で旧悪となり、すでに時効が成立している。

「ところが丁字屋銀蔵を手にかけたのはおめえだと、一年前からお上《かみ》の知るところとなっているはずだ」

暗い顔で、左門次は眉《まゆ》をひそめた。

「丁字屋の旦那が殺されてすぐに、わたしが行方をくらましたからでしょうか」

泣き出しそうに、おそめの表情がゆるむ。

「それもあるし、丁字屋とおめえは鶴政の客と奉公人ってことで、つながりを持っている。丁字屋がおめえの尻を追い回していたってことだって、たちどころにわかるだろうよ。もうひとつ、おめえが持っていた提燈《ちょうちん》だ」

「柳森稲荷の境内で、燃えてしまった提燈ですか」

「うん。その提燈に何やら文字が、記されていたんじゃあねえのかい」

「わたしがいつも使う家の提燈なので、確か須田町・柏屋《かしわや》と書いてあったはずです」

「丁字屋銀蔵の死骸のそばに、提燈の燃え残りが落ちていた。その燃え残りに〝柏〟の一字でも認められたら、下手人はおめえだって決まったようなもんじゃあねえかい」

「そうなると、わたしは永尋ってことでしょうか」

いまになって、おそめは顔色を変えた。

「おめえが下手人だってことは、お上にも知れている。だが、おめえは逃げちまった。いかに探索を続けても、おめえが身を隠した先はわからねえ。そうなりゃあ、永尋とするほかはねえだろう」

左門次の右手は、激しさを加えて左肩を揉むようになっていた。

「それでは、わたしの罪は……」

「永尋にされながら、なお逃走いたす者の罪は、旧悪とならずだ。おめえの銀蔵殺しの罪は、一年がすぎても旧悪にならねえ。気の毒だがいまでもお上は、おめえを見つけ次第その場で召し捕ることになるぜ」

「もっともっと、逃げ続けなければならないってことですか」

「逃げるっておめえはあっさり言うが、永尋は六十年を限りとしているんだ。いまから六十年ものあいだ、おめえは身を隠していられるのかい」

「六十年も……」

「とりあえず柳橋の料理茶屋に世話になろうなんて、のんびり構えちゃあいられねえんだ。鶴政だけじゃあねえ、おめえを知る者と顔を合わせりゃあ、たちまちお縄になるんだと思え。このあたりにいるだけで、いつおめえだと気づく相手と鉢合《はちあ》わせしねえとも限らねえ」

「旦那、どうしたらいいんでしょう。いまさら、根岸の住まいへ引き返すわけにはいきません」

「おれにしたって、念のために調べてみてえことがあるんだが、それに二、三日は欲しいってところだ。おめえには三日ばかり、身を隠してもらわなくちゃあなるめえ」

「わたしを匿《かくま》ってくれる人なんて、どこにもおりはしませんよ」

おそめは全身の震えが、とまらなくなっていた。

「仕方ねえ。おれがおめえを匿うように、頼んでみらあな」

左門次は、中間の捨次郎《すてじろう》を呼んだ。

捨次郎は近くの商家へ走って、言われたとおり紫色の六尺手拭《てぬぐ》いを買い求めて来た。この木綿の六尺手拭いは一名、頬かぶり手拭いとも呼ばれていた。

おそめに、六尺手拭いで頬かぶりをさせる。紫色なので、女の頬かぶりにはサマになる。顔の輪郭《りんかく》が誤魔化《ごまか》せて、中央部しか覗かない。俯《うつむ》き加減でいれば、人相を見定められずにすむ。

そんなおそめを囲むようにして、主従三人は元鳥越町《もととりごえちょう》の東を目ざした。武家地内の道を選べば、ほとんど人目にはつかない。大名屋敷のあいだの七曲がりと呼ばれる道を抜けて、元鳥越町へ出ると東寄りに寿松院《じゅしょういん》の伽藍《がらん》が見えてくる。

京都知恩院《ちおんいん》の末寺で、不老山無量寺《ふろうざんむりょうじ》と号す。

まずは無事に、寿松院の門前町についた。この時代の警察機構からすれば、指名手配中の犯罪者だろうと発見されなくて当然だった。偶然のチャンスを期待するほかはない。

何よりも、情報手段がゼロに等しかった。指名手配されたといっても、犯人の顔というものが一般にはわからない。そのために、民間の協力がなかなか得られなかった。

おそめのように、根岸の里でひっそりと暮らしていれば、発見されることにはならないのであった。指名手配中の犯人の顔を知りようがないので、土地の人間が訴えて出ることもない。

まして江戸の町奉行所の管轄外となれば、根岸はこのうえなく安全な場所だったのだ。とにかく身内か知人に見つからない限りは、何とか逃げおおせるのであった。

よくドラマで人相書なるものがひどく安易に扱われるが、ああした手配書があちこちに張り出されることはないのである。人相書が配られるのも逆罪だけであって、主殺しか親殺しと決まっていた。

したがって、おそめの人相書というものは存在しない。しかも、ひと目でおそめだとわかる顔見知りは、江戸で五百人といないだろう。地元を離れれば、知らない人ばかりである。

浅草の寿松院の門前町で、田之助《たのすけ》という者が小料理屋をやっている。十年前までは、蔵前《くらまえ》の田之助親分と呼ばれた岡っ引だったが、いまは引退して小料理屋のおやじになっていた。

この田之助に、左門次は大きな貸しがある。六十歳になった田之助だが、頑固一徹でいい気風《きっぷ》をしている。義理堅くて頼もしく、左門次には忠義な男だった。

左門次はそうした田之助に会って、おそめを三日のあいだ匿ってくれと頼み込んだ。事情はあとで話すからと真剣な左門次に対して、田之助は終始ニコニコしていた。

「三日が百日になっても、一向に構いません。お引き受けいたしましょう」

何も聞かずに、田之助は承知した。

それだけで、決まりであった。おそめを小料理屋に残して、左門次たちは寿松院門前町から引き揚げた。急がなければならないと、左門次は気持ちを引き締めた。

一日の役目を終えて八丁堀へ帰った左門次は、辺見勇助《へんみゆうすけ》の役宅を訪れた。辺見勇助は定廻り同心で、刑事事件について知らないことがなかった。北町奉行所の同心仲間では、よき協力者同士でいる左門次と勇助だった。

「住まいは須田町、柳橋の料理茶屋の通いの奉公人おそめか。おそめは昨年十月二十四日の早朝、柳森稲荷の境内で日本橋通一丁目紅白粉問屋の丁字屋銀蔵を殺害に及んだ。その足で逃亡したおそめは、永尋とされたな」

辺見勇助はすらすらと、質問に答えた。

おそめはやはり、永尋となっている。旧悪つまり時効にはならない。絶望的である。

辺見勇助の妻が、膳を運んで来た。膳のうえには背の高い銚子と盃、それにフナの甘露煮《かんろに》の皿が並べてあった。左門次は、勇助の妻に礼を述べる。

「お疲れが、取れましょう」

勇助の妻は一杯だけ酌《しやく》をして、奥へ引っ込んだ。

辺見勇助も左門次も、確かに疲れている。八丁堀の与力《よりき》と同心は一般に、出勤が午前十時、帰宅が午後四時となっていた。しかし、廻り方の同心となると、そうはいかなかった。

勤務時間は、無制限であった。呼び出しがかかれば、早朝にも出かけていく。何か事件があると、帰宅は夜更けになる。今日の二人にしても、帰って来たのは暗くなってからだった。

「丁字屋銀蔵殺しの下手人が、おそめだって証拠は……」

両手を合わせてから、左門次は盃に酒を注《つ》いだ。

「そいつが、いくつもある。まずは、提燈だ。燃え残った提燈から、『柏屋』の文字が読み取れた」

辺見勇助の盃から、酒があふれそうになっていた。

疲れを癒《い》やすための酒であり、互いに独酌である。

「柏屋は、おそめの実家の屋号か」

ますます追いつめられるという気持ちで、左門次は首を振った。

「丁字屋銀蔵は、以前からおそめに熱くなっていやがった。力ずくでも手めえのものにしちまえば、おそめは囲い者になることを承知するだろうと、年甲斐も分別もなくノボセ上がっていたらしい」

「ほかに、何か……」

「丁字屋銀蔵が船宿の女将《おかみ》の前で、わたしは鶴政のおそめに殺されると口走ったそうだぜ」

「どこの船宿でしょう」

「鶴政より、両国橋へ寄った川っぷちだ。『花月《かげつ》』という船宿で、女将の名はおつなだったっけな」

「花月ならば、承知しております」

「それにいまひとつ、去年の十月二十四日の朝のことだが、青い顔のおそめが逃げるように急いで、御蔵前から下谷の方角へ向かうのを見た者がいる。鶴政の常連の客で、おそめの顔をよく見知っている青梅屋正右衛門だから、間違いはねえだろう」

「青梅屋正右衛門……」

とんだところで、おそめを囲っていた男の名前が出たから、左門次はびっくりした。

「浅草諏訪町の紙問屋の主人だ。それで、おそめが丁字屋銀蔵を殺したその足で、いずこへともなく逃れたってことが明らかになり、去年の暮れのうちに永尋のお手配と決まったのよ」

辺見勇助は音を立てて、盃の酒をすすった。

左門次は、妙なことに気づいた。おそめの告白によると、丁字屋銀蔵を殺したのは去年の十月二十三日の夜ということになっている。

時刻も五ツ半ごろ、午後九時前後とはっきりしていた。ところが、辺見勇助は十月二十四日の早朝におそめが銀蔵を殺害したと、明言している。

二十三日の夜と、二十四日の早朝とでは、違いが大きすぎる。いずれかの錯覚ということはあり得ない。二十三日の夜というおそめの記憶に狂いはなく、二十四日の早朝とした町奉行所の判断もいい加減なものではない。

そうなると、その時間のズレにこそ何かあるのだ。何らかの事実誤認が、そこから生じている。おそらく担当の定廻り同心のお調べに、手抜かりか誤解があったのだろう。

翌日の午後、左門次はお役目の合間に、柳橋へ足を向けた。鶴政の東寄りに、それほど大きくはない船宿がある。神田川の河口に位置していて左手に柳橋、右手に両国橋を見る。

左門次は両国稲荷の境内を抜けて、船宿花月を訪れた。女将のおつなとは、顔見知りであった。正面は縁起棚《えんぎだな》で、招き猫が目立っている。長火鉢《ながひばち》の向こうに、おつなが粋な姿でいた。

「ご免よ」

左門次は、上がり框《がまち》に腰をおろした。

「おやま、旦那……」

おつなが煙草盆《たばこぼん》を手に、泳ぐようにして立って来た。

「丁字屋銀蔵のことで、話が聞きてえ。銀蔵はおめえさんの前で、鶴政のおそめに殺されるとか口走ったそうだな」

左門次は、さっそく本題にはいった。

「一年も前の話じゃありませんか。ですけど、忘れちゃおりませんよ」

おつなは、華やかな笑顔になった。

「どういうわけで銀蔵は、おめえさんにそんなことを聞かせたんだ」

「あれは、去年の十月二十三日の夜分でしたねえ。間もなく四ツ（午後十時）になろうってころに、ドンドン表戸を叩くんですよ。帳場にいたのはわたしだけ。仕方がないのでわたしが切り戸をあけました。すると丁字屋の旦那が真っ青な顔で、転がり込むようにはいっておいででした」

「去年の十月二十三日の晩で、間もなく四ツになろうってころ。こいつに間違いはねえかい」

「寛永寺の御本坊が焼けて三日後の晩と、はっきり覚えているから確かですよ」

「そのあと、銀蔵はどうしたんだ」

おつなの証言がこのうえない朗報になりそうだと、左門次は胸が痛むほど緊張していた。

「とにかく一杯飲ませてくれって、丁字屋の旦那は息を切らして……」

おつなは左門次に、流し目をくれた。

丁字屋銀蔵は、何軒もある柳橋の船宿のうちで、花月だけを利用している。だからこそ銀蔵は夜遅く飛び込んで来て、わがままも言えるのだった。

おつなにしても失いたくないお得意さんなので、多少の無理だろうといやな顔はできない。注文どおり、冷やで酒を出す。銀蔵は、鉢に満たした酒を一気に飲み干す。

それも立て続けに、小鉢三杯の冷や酒であった。しかし、銀蔵は酔わなかったし、落ち着きを取り戻しもしない。顔はいくらか赤くなったが、放心したような目つきでいる。

よほどの目に遭って、ひどい衝撃を受けたのに違いない。いったい何があったのかと、おつなはしつこく話を聞き出そうとした。だが、銀蔵は頑として、口を開かなかった。

「行燈《あんどん》部屋でも構わないから、ここに泊めておくれでないか。いまから日本橋通一丁目まで帰るのが、わたしには何とも恐ろしくてならない」

銀蔵は脅《おび》えた顔で、おつなにそう頼み込んだ。

「女っ気はございませんけど、お泊めするくらいでしたら……」

愛想よく、おつなは応じた。

「明朝には遠方からの客を迎えるので、七ツに目を覚ましたいんだけど、そのころに声をかけておくれ」

銀蔵は午前四時に起こすようにと、注文を付け加えた。

「ですけど、旦那には何が恐ろしいんでしょうね」

おつなは先に立って、奥へはいった。

「そこの鶴政の通いの奉公人で、おそめという女を知っているだろうけど、わたしはあのおそめって女に殺されるかもしれないんですよ」

銀蔵は背後で、そのように答えた。

冗談というより、馬鹿げた話であった。酔いが回っての世迷《よま》い言《ごと》だろうと、おつなは本気にしなかったのである。それでおつなは、それ以上の質問を控えることにした。

しかし、翌日になって銀蔵が実際に殺されたことを知り、おつなは腰を抜かした。その日のうちに岡っ引が聞き込みに来たので、銀蔵がおそめに殺されると口走ったことを、おつなはいちおう告げたのだった。

すると、それが重要証言と受け取られたらしく、小宮十兵衛《こみやじゆうべえ》という定廻り同心が重ねて事情聴取に現われた。そのときおつなは、おそめが行方知れずになったことも聞かされた。

「こういう次第でございましてねえ、旦那……」

色っぽい目つきで、おつなは左門次をじっと見つめた。

「よく、わかったぜ」

左門次もニヤリと、おつなに笑いかけた。

おそめは絶望的どころか、大いに希望が持てると、思ったからであった。

丁字屋銀蔵は去年の十月二十四日の夜明け前の七ツ、午前四時に船宿花月にいておつなに起こされた。午前四時半ごろ、銀蔵は花月を出ていった。

当然そのあと、銀蔵は柳森稲荷の境内で殺されたということになる。これは事実であって、おつなの証言も正しい。下手人とわかりきっているおそめは、目下のところ行方知れずだった。

そういう事情なので、定廻り同心の小宮十兵衛は、おそめが銀蔵を殺害したのは十月二十四日の明け方と断定することになったのである。それだから辺見勇助も左門次に、十月二十四日の早朝おそめは銀蔵を殺害に及びと、説明を聞かせることになったのだ。

おそめの話に嘘がないとすれば、銀蔵殺害は前夜のことであった。銀蔵殺しが十月二十四日の早朝となると、下手人をおそめとすることはできない。

「あれから、もう一年になるんですねえ」

おつなは、長いキセルの煙草に火をつけた。

一服だけ吸って、おつなはキセルを左門次に渡す。このように同じキセルで煙草を吸うのは、好き合った男女がやることである。しかし、左門次は情夫よろしく、平気でキセルを受け取った。

「おそめは、どこへ消えたのか」

とぼけた顔で、左門次は煙を吐いた。

「でもねえ、因果というか因縁というか、逃げ去るおそめさんを最後に見かけたのは、浅草諏訪町の青梅屋の旦那だったっていうじゃありませんか」

「いかにも青梅屋正右衛門だったが、そいつがどうして因縁ってことになるんだ」

「だって旦那、丁字屋さんと青梅屋さんは血のつながりがありながら、敵《かたき》同士みたいに不仲だったんですよ。その片方を殺した下手人が逃げる姿を、もう片方が見かけたっていうんですから、何とも因縁話めいてくるじゃありませんか」

「どんな血のつながりが、あの二人にはあったんだ」

「おっかさん同士が姉と妹なので、従兄弟《いとこ》の間柄でしょう。青梅屋の旦那も鶴政の常連の客だったので、どうしても丁字屋の旦那と鉢合わせをすることになりましょう。ですけど挨拶どころか、目も合わさずにすれ違ったそうでしてねえ」

「何だって、そんな犬猿の仲になっちまったんだ」

「青梅屋の旦那が丁字屋の旦那に、何度も女を横取りされたってことの遺恨ですよ。青梅屋の旦那は、どういうわけか女に嫌われましてね。このわたしだって、虫酸《むしず》が走りますよ。ところが、これがまたどういうわけか青梅屋の旦那がホの字になった女を、丁字屋の旦那がさっと横取りしてしまうんです。もうむかしのことですけど、青梅屋のおかみさんまで寝取られたって噂がありましてねえ」

「女房を寝取られたとあっちゃあ、話が穏やかではなくなるぜ」

左門次は右手で、左の肩を揉むようにした。

「これといって証拠があるわけじゃなく、ただの噂ですんだから何事も起きませんでしたけどね」

間もなく三十になるおつなの媚態《びたい》は、さりげなく実に色っぽい。

そうしたおつなの説明によると、正右衛門が独り身のころ熱くなった浅草寺《せんそうじ》境内の水茶屋の女を、銀蔵が横取りしたことから始まるという。次は吉原の散茶《さんちゃ》と呼ばれる階級の遊女を張り合って、丁字屋銀蔵がやはり勝っている。

その次が、正右衛門の女房おとみである。銀蔵もおとみも、他人の口に戸を立てられぬと否定した。証拠はなし、現場を押さえたわけでもない。

しかし、二十五歳のころのおとみが、銀蔵を見つめて顔を赤くするのを、青梅屋の奉公人が目撃したという。それに同じ時期の二カ月間にわたり、おとみは頭が痛いの気分が悪いのと、正右衛門と肌を合わせるのを避けたらしい。

そのために正右衛門はいまもなお、銀蔵とおとみが十五年前に浮気したのは事実だろうと、疑っているようである。次は深川の芸者だが、これも途中で銀蔵に気が傾いて、正右衛門に背を向けた。

そして去年になり正右衛門が無我夢中といえるほど惚れ込んだのが、鶴政の通いの奉公人のおそめだったのだ。しかし、またしても正右衛門と張り合うように、銀蔵はおそめを口説き落とそうと躍起になった。

「こんな仲だったのに、丁字屋の旦那を手にかけたおそめさんが逃げる姿を、青梅屋の旦那が見かけたっていうんですからねえ。やっぱり、何かの因縁ですよ」

おつなは、眉根《まゆね》を寄せていた。

「ありがてえ、おめえさんの話はずいぶんと役に立つぜ」

左門次は、立ち上がった。

「わたしは旦那に、ホの字なんですからね。ホの字の旦那のお役に立てるなんて、こんなに嬉しいことはありませんよ」

おつなはとたんに、華やかな笑顔になっていた。

左門次は、花月をあとにした。去年の十月二十四日の朝、根岸の里へ逃げるおそめを、茂八という遊び人が案内している。ところが青梅屋正右衛門は、遊び人が一緒だったとは証言していない。

つまり、正右衛門の証言は嘘である。正右衛門は事前に、茂八の案内でおそめが逃げることを承知していた。そのうえで正右衛門は茂八の存在を隠したのだ。

正右衛門が計画し、茂八が実行犯となった。目的は丁字屋銀蔵を殺害し、おそめを長期の囲い者として手に入れることにあった。

その日の宵《よい》の口に左門次は辺見勇助を、浅草諏訪町の青梅屋へ捕物に誘った。丁字屋銀蔵殺しのまことの下手人を召し捕るのだと聞いては、辺見勇助も知らん顔ではいられない。

しかも、あとのことは辺見どのの手柄にしてもらいたいと、左門次からも言われている。大いに張り切るのが、当然であった。辺見勇助は岡っ引とその手先を連れて、左門次とともに諏訪町へ直行した。

青梅屋について小僧に声をかけると、旦那さまは川岸においでですという返事だった。諏訪町の東側の裏手へ抜ければ、大川に沿った道が続いている。

その川岸の宵闇《よいやみ》の中に、四つの人影が浮かんでいた。白い足袋《たび》をはき、羽織を着ているのが正右衛門だろう。あとの三人は、風体《ふうてい》からして遊び人である。

「あの中に、茂八って野郎がいるんじゃあねえのかい。こいつは、おあつらえ向きだ」

左門次から道々、詳しい事情を聞かされているので、辺見勇助も読みが早かった。

御用提燈の火を吹き消して、石段をのぼる。大川の緩やかな流れと、吾妻橋《あづまばし》が視界にはいったころには、土手のうえでの人声を冷たい川風が運んでくる。

「とにかく、大急ぎで見つけ出しておくれ。お前さんたちには、それなりに大枚を弾《はず》んでもいることだしね」

これは、正右衛門の声に違いない。

「おそめを何とか、捜し出そうってえ悪い相談かい」

辺見勇助の声が出し抜けに飛んだので、男たちは腰を抜かしそうに驚いた。

二人の遊び人が、必死の形相《ぎょうそう》で走り出した。だが、左門次が逃亡を許すはずがない。直心影流《じきしんかげりゅう》の達人の剣は、目にもとまらぬ速さで、闇を切り裂《さ》いた。

一瞬のうちに二人の遊び人が胴に峰打ちを受けて、声も立てずに土手の斜面を転げ落ちていった。茂八らしい男も、辺見勇助の十手の一撃を前額部に浴びて気絶した。

正右衛門は、地面にすわり込んでいる。全身が揺れ動くほど、正右衛門は激しく震えていた。這《は》うこともできないようなので、完全に腰が抜けているのである。

「分別盛りのくせしやがって、色に狂って従弟の命を奪うとは、おめえそれでも江戸の旦那衆のひとりかい！」

辺見勇助の怒声《どせい》には、凄《すご》みがあった。

「わたくしは、丁字屋銀蔵の命を縮めるようなことはいたしておりません」

正右衛門は恐ろしさの余り、声を放って泣き出していた。

「おめえは手を下さずとも、茂八に頼んで丁字屋銀蔵の命を狙わせたってことよ！」

辺見勇助は十手で、正右衛門の肩を押さえつけた。

「恐れ入りましてございます」

正右衛門は、顔を地面にこすりつけた。

岡っ引が四人の男に腰縄を打って、諏訪町の自身番へ引っ立てていった。左門次の出番は、ここまでである。これから先はすべて、辺見勇助に任せなければならない。

後日、聞いたところによると、正右衛門は自身番であっさり白状に及んだという。茂八のほうは翌日まで頑張ったが、正右衛門が白状しているので逃れようはない。

茂八は正右衛門から二十両の礼金で頼まれて、丁字屋銀蔵殺しを去年の十月二日に引き受けた。以来チャンスを狙っていたが、十月二十三日の晩になって銀蔵がおそめを尾行するのに気がついた。

あとを追うと銀蔵はおそめを柳森稲荷の境内へ引っ張り込み、神殿の裏手で襲いかかって押し倒した。

夢中で抵抗するおそめは、三尺手拭いを奪い取って銀蔵の首に巻きつける。銀蔵は苦しがって地面に転がり、石に頭を打ちつけて動かなくなる。おそめはなおも、銀蔵の首を絞め続ける。

やがて、おそめはわれに返って、愕然《がくぜん》となり走り去る。やれやれ、おそめが銀蔵を殺してくれたので二十両はもらい得だと、茂八は喜んでいた。ところが銀蔵は息を吹き返し、むっくりと起き上がったのである。

銀蔵は柳橋まで戻って、船宿の花月に姿を消す。何としてでも今夜のうちに片付けて、おそめに殺しの罪を着せなければならない。そう思った茂八は酒を買い、飲みながら銀蔵が船宿を出てくるのを待った。

夜の明けないうちに、銀蔵が花月から現われた。昨夜のことで旦那にお詫びしたいと、おそめが柳森稲荷で待っている。そのように茂八は、言葉巧みに持ちかける。

銀蔵を殺そうとした件については内々にすませてもらいたいと、おそめが謝罪したがっている。これもまたありそうなことだし、まことしやかに聞こえる話であった。

それに銀蔵にとっても、おそめに謝罪されるのは悪いことではない。銀蔵はすべてを信じて、茂八の誘いに応じた。柳森稲荷につくと、茂八は背後から銀蔵の首を絞めた。

息の根をとめたあと、茂八は銀蔵の三尺手拭いで改めて首を絞め直した。昨夜と同じ状態にしたうえで、茂八は神殿の縁の下で眠った。朝になるのを待って、人殺しの罪で町奉行所へ突き出されるか、それとも正右衛門の囲い者になるか、おそめを脅《おど》せば茂八の仕事は終わる。

もう三十両のお手当が、もらえるのであった。しかし、好運にもおそめのほうから、柳森稲荷へ出向いて来た。もはや脅す必要もなく、一年のあいだ身を隠していれば万事解決と、茂八はおそめにすすめる。

その気になったおそめを、茂八は根岸の里へ案内した。そこには正右衛門が買い取った隠居所が、用意されていた。半年後に生計が立たなくなったことから、おそめは嫌い抜いていた正右衛門の囲い者となるのである。

寺社奉行、町奉行、勘定奉行による三手掛《みてがかり》の裁判は、異例の速さで進められた。無実の罪を負わされて永尋《ながたずね》となっていたおそめへの同情が、江戸中の評判と話題にされたせいだろう。

正右衛門と茂八に対する裁断は、わずか一カ月後の十二月初めに下った。老中もそれを妥当と認めたので刑の執行は、将軍家の裁可を待つだけとなった。


青梅屋正右衛門。

丁字屋銀蔵を殺害せよと、五十両の礼金を与えて茂八に依頼せし罪（嘱託殺人《しょくたくさつじん》）はゲシニン（土地家財の没収を免除される死罪）なり。

ただし、銀蔵は正右衛門の従弟ゆえに卑属の身内と見なし、遠島を付け加える。

おそめを欺《あざむ》いて囲い者といたしたる罪、かどわかし（誘拐）と同様なるに付き死罪。

これらいずれも一年を経ておるものの、邪曲《じゃきょく》の人殺しも含まれるゆえに旧悪（時効）とはならず。

よって罪を総じ、青梅屋正右衛門に死罪（土地や家財を没収されるうえに、死骸を様《ため》ものに供す）を申し付くる。

江戸無宿・茂八。

正右衛門より五十両の礼金で引き受け、銀蔵を殺害に及んだ罪（受託殺人）については遠島。

おそめを欺き根岸の家に閉じ込めた罪、かどわかしと同様に付き死罪。

邪曲の人殺しゆえに旧悪とならず、遠島よりも重きお仕置を選び死罪を申し付くる。

浅草寿松院門前町『田之助』の奉公人おそめ。

銀蔵の押して不義（強姦《ごうかん》）を逃れんがため、同人を殺し損《そこ》ねた罪については、もはや旧悪となりしゆえに、いっさいお構いなし。

このような裁決が、申し渡されたのであった。浅草寿松院門前町『田之助』の奉公人とあるのは、おそめがすでに田之助のとっつあんの店で、働き始めていたからなのだ。

「いやあ、ありがてえことでさあ。おそめさんがお目当てのお客さんで、店は押すな押すなの繁盛でござんすよ」

左門次が店を覗くと、田之助のとっつあんが大喜びだった。

「色好みの男に惚れられすぎても、女は不しあわせになるものさ」

左門次は、おそめの肩を叩いた。

「このたびは、まことにありがとうございました」

おそめは、涙ぐんで頭を下げる。

「なあに、やるだけのことをやったまでよ」

左門次は、お助け同心の役目を終えたときの決まったセリフを、今度も口にした。

尾形左門次はふと、去年の十月二十日に全焼した寛永寺の御本坊の普請が、いよいよ本格的に始められたことを思い出した。

第五話　悪女の失敗

今日も、雨が降っている。湿っぽいうえに、辛気《しんき》臭くていけない。丹七《たんしち》は朝から冷や酒を飲んでいるが、一向に酔いが回らなかった。あたりが薄暗くて蒸し暑くて、不快感が肌にまとわり付く。

「ねえ、お前さん」

おくめの声が、飛んで来た。

とげとげしい声の調子から、またかと丹七はうんざりする。応じたくないので、丹七は黙っている。

「お前さんてば！」

おくめの声が、甲高《かんだか》くなった。

丹七は、返事をしない。板の間を踏む足音が、荒々しく聞こえて来た。火の気のない長火鉢《ながひばち》だが、猫板《ねこいた》のうえには徳利、盃、小丼《こどんぶり》などが並べてある。

「お前さんって呼んでいるのが、聞こえないのかい！」

長火鉢を挟んでドスンとすわり、おくめは畳に膝を滑《すべ》らせた。

整った顔立ちだし、色の白い肌が滑《なめ》らかだった。なかなかの器量よしで、紅《べに》と白粉《おしろい》の加減次第では美女ともいえる。二十六歳の年増《としま》には、それなりの色っぽさもある。

だが、丹七に対しては、おくめの表情が険《けわ》しかった。嫌悪感を、隠すことができない。むしろ敵意と変わらない丹七への感情を、おくめは露骨に示すことになる。

「馬鹿でかい声で、やりとりをすることもねえだろう」

猫板のうえの徳利に、丹七は左手を伸ばした。

「とにかく早いところ、決めておくれでないかい」

おくめは、汚物でも見るような目を丹七へ向けた。

「おめえも、わからねえ女だな。離縁なんてものは、そうあっさりと決められはしねえのよ」

「わたしは何が何でも、離縁してもらいたいんだから……。お前さんが去り状を書くだけで、何もかもきれいさっぱり片が付くんじゃないか」

「あいにくと、こっちにはその気がねえんだ。亭主が不承知だって言っているのに、どうして離縁ができるってんだ」

「わたしには、もう一日だって我慢できそうにないんでね。お前さんと夫婦でいることが、泣くほど辛《つら》くて苦しいんだから……。人助けだと思って、去り状を書いてはくれまいか。ねえ、お前さん」

「よくぞそこまで、嫌われたもんだ。おめえだって、夫婦になったときは嬉しがったはずだぜ」

丹七は盃を持つにも、左手を使った。

「やっぱり年の違いってものが、男と女のあいだでは隙間風《すきまかぜ》になるんだろうね」

おくめは、冷ややかに言った。

丹七は今年、四十六歳になった。二十の年の差には正直な話、丹七も勝てなかった。

丹七とおくめは、本郷三丁目に住んでいる。俗に油揚《あぶらげ》横丁と、呼ばれている土地であった。この横丁とか新道とかの住人は、裏店《うらだな》の熊さん八さんよりは上流階級である。

丹七の住まいにしても、板の間のほかに部屋が三つほどあった。縁起棚を背にして、長火鉢の前にすわることもできる。裏長屋よりは、はるかにマシだった。

店を持つ商人とは比較にならないが、江戸っ子の代表みたいな顔でいるのが横丁や新道に住む連中であった。まず小商人、それに鳶《とび》の者なら頭《かしら》といわれる人である。

大工か左官であれば、棟梁《とうりょう》と呼ばれる男でなければならない。丹七もかつては棟梁と呼ばれた大工で、江戸っ子の手本とされるような顔役でいた。

その丹七が五年前におくめを嫁に迎えてから、急にそれまでの勢いを失うことになった。丹七が四十一、おくめが二十一で、互いに再婚という夫婦であった。

そのころの丹七は、まだ威勢がよかった。見てくれも悪くないし、三十五、六の若さを十分に保っていた。男臭さをプンプンさせて、顔役としての魅力がたっぷりとあった。

棟梁は本物の江戸っ子だと、丹七は町内の人気を集めていた。そんな丹七だったので、仲人《なこうど》の口ききがあったとき、おくめはポッと顔を染めたという。

「二十という年の違いは、お前さんも二度目の嫁入りとなるんだから、まあやむを得ないだろうね。だがね、棟梁だってまだまだ、男だということには、間違いありませんよ」

世話好きの仲人は、縁談をまとめることに熱心だった。

「それはもう、よく承知しています」

おくめは、顔を伏せていた。

おくめは十八のときに、伝吉《でんきち》という塗物職人と夫婦になった。しかし、二年後には伝吉が、流行病《はやりやまい》にかかってあっさりこの世を去った。

おくめは、実家に戻った。子ができなかったことがせめてもの救いで、おくめは実家の小さな八百屋という家業を手伝っていた。そんなときに持ち込まれた縁談なので、おくめもぜいたくは言っていられなかった。

それに本郷三丁目に二丁目と隣合わせの町内に住んでいて、おくめは丹七の様子や姿をよく知っている。年が離れてさえいなければ、男として申し分のない丹七だと、おくめもかねがね思っていたのだ。

「でしたらこの話、進めても構わないんだね」

おくめも満更でもないようだと、仲人は手応えを感じたのであった。

「よろしく、お願いいたします」

おくめは、またしても赤くなっていた。

こういう次第で一カ月後に、丹七とおくめは夫婦になった。初めのうちは夫婦仲がよくて、年の差など感じさせなかった。だが、一年後には女房のほうに、変化が生じたのである。

甲斐甲斐《かいがい》しく働くおくめの新妻ぶりは、夫婦になって一年後までしか続かなかった。おくめの態度が、どこか不貞腐《ふてくさ》れているように変わり始めたのであった。

働いても仕方がないというふうに、家の中でぼんやりしているか、用もないのに出かけるかすることが多くなった。丹七に対しても、よそよそしく冷ややかな目つきと表情で接した。

理由は、性的不満だった。おくめは伝吉との夫婦生活で、いちおう女悦《にょえつ》の極《きわ》みを教え込まれている。そのうえいまや、おくめの肉体は女盛りにさしかかっている。

伝吉の死後、実家で過ごした男っ気なしの半年間は、それなりに耐えようもあったのだ。しかし、いまは男っ気なしどころか毎晩、亭主がすぐ横に寝ている。

それが刺激となって、おくめの身体は燃える。ところが、おくめがそれとなく求めても、丹七にはそれに応じる気がなかった。おくめは毎夜モヤモヤした気分に悩まされ、なかなか寝付けないのであった。

おくめのギリギリの欲望を、何とか丹七が解消できたのは、夫婦になったあとの十カ月間だった。その後は二十日に一度も、肌を合わせることがなくなった。

二十という年の差が、たちまちにして夫婦間に亀裂を生じせしめたのである。更に丹七の飲酒癖《へき》というこれまで評判になかったことを、おくめは思い知らされたのだ。

出先や人前では酒を遠慮する丹七なのに、家では飲まないと承知しない。それも、晩酌《ばんしゃく》といった可愛らしい量ではなかった。酔っぱらった丹七は大鼾《おおいびき》で、おくめより先に眠ってしまう。

悲劇はなおも、坂道を転げ落ちる。

丹七の右腕が、おかしくなったのであった。右腕が麻痺するようになり、ほとんど使い物にならない。そのうちに右手の指まで感覚を失った。

それでは、大工の棟梁として通用しない。丹七は仕方なく、新しい棟梁を決めて若い大工たちを譲り、自分は隠居の身となった。希望を失い、落ちぶれることへの不安から、丹七には毎日がおもしろくない。

酒量が、増える。夫婦の睦《むつ》み合いは、逆に減る。最初のうちはかなりの貯《たくわ》えがあったが、それも年々心細くなっていく。おくめの気持ちはますます、丹七から離れることになる。

性的不満。

亭主の飲酒癖。

子どもなし。

貧乏。

これだけ条件がそろえば、おくめのような女房が次は、いかなることに走るだろうか。

次の杖《つえ》ができなければ現在の杖を手放さないので、いままで離縁の要求は表面に持ち出さなかった。そうなるといつの時代も同じことで、おくめは不倫へと走らずにいられない。

おくめの不倫の相手は、何と正浄《せいじょう》という若い僧であった。

正浄は、おくめの前夫の伝吉と、幼馴染《おさななじ》みという仲だった。当然おくめも、正浄のことをよく知っていた。正浄は駒込片町《こまごめかたちょう》の大仁寺《だいにんじ》で、修行中であった。

今年の四月に、おくめは白山権現《はくざんごんげん》のすぐ南にある大仁寺へ出向いた。丹七との今後をどうすべきか、おくめは正浄のところへ相談に赴《おもむ》いたのである。

おくめは正浄と無人の境内を歩きながら、胸の中にあることを残らず吐き出した。おくめとしては相談というよりも、悩みを聞いてもらえればそれでいいという気持ちだった。

だが突然、雨が激しく降り出した。正浄とおくめは、本堂の裏手にある鐘楼《しょうろう》へ逃げ込んだ。この鐘楼は、二階楼になっていた。階下は家の中と変わりなく、板戸を締めきると密室になる。

正浄とおくめは闇の中で、どちらからともなく触れ合った。正浄は三十歳、もちろん独り身であった。おくめの女の身体は、最も火のつきやすい状態にある。

唇を吸い合ってしまえば、もうブレーキはかからなかった。僧と人妻であることが、脳裏《のうり》から消え失《う》せる。闇の中には柔肌《やわはだ》を生々しく感じている男と、火照《ほて》る身体を持て余す女がいた。

女犯《にょぼん》僧と密通の罪がいかに重いかを知りながら、正浄とおくめはそれを遠くのことのように考えていた。とにかく現在の情炎に、二人とも耐えられなかったのだ。

「誰にも知られなければ、何事もなかったのと変わりない」

「あの人だってまさかと思うだろうから、気づくなんてことになりはしない」

正浄とおくめはそれぞれ、そう思うことで自分を勇気づけた。二人は、身体を重ねた。肌をむさぼり、甘い蜜に濡れた。狂おしさに身悶《みもだ》えて、骨までとろけた。

おくめは久しぶりに男の硬度と量感に貫かれ、たくましい律動に果てしない女悦の極みを呼び起こされた。おくめは気が遠くなり、このまま死んでもいいと思った。

そうした極楽の歓喜が、おくめを一変させた。その後も十日に一度の割りで、大仁寺の鐘楼内での正浄とおくめの密通は続けられた。おくめは当然、丹七のことがいやでいやでたまらなくなる。

正浄との関係も、いまのままではものたりない。せめて三日に一度は、正浄に抱かれたい。正浄には、檀家《だんか》を回るという外出の口実がある。また正浄は不忍池《しのばずのいけ》の近くに親の代からの家作を持っていて、おくめと睦み合う場所にも困らない。

不自由なのは、おくめのほうであった。何としてでも、自由の身になりたい。それには、丹七と別れるしかない。そのためにはどんなことでもやろうと、おくめは悪女になったのだ。

この時代の法律によれば、妻のほうから離婚を申し出ても通らない。つまり離婚は夫が一方的に決めるものであって、妻には請求権が与えられていないということになる。

しかし、協議離婚の可能性があれば、妻のほうが希望しても成立することは珍しくなかった。妻が我慢できないほど、夫を嫌ったとなればどうしようもない。

この場合、妻が夫を嫌う理由が妥当であって、亭主とその一族が世間体《てい》やメンツにこだわらないとなれば、協議離婚が成立する。こうしたときも、夫が去り状を書く。

去り状とは、俗に三下《みくだ》り半《はん》といわれる離縁状である。どうして協議離婚が成立したのに、夫が改めて離縁状を書かなければならないのか。

それは離縁状が同時に、独身証明書の役目も果たすからであった。離縁状があれば、独身だということが認められる。したがって前夫の離縁状がないと、別れた妻だろうと再婚はできない。

再婚するときのために、離縁状が必要だったのだ。こういうことなので、夫が承知しない限り離婚はできなかった。ただし夫が首を振り続けようと、離婚が可能という条件が法律上も定められていた。
一　夫が家出して十カ月がすぎれば、離縁状も不要で離婚できる。
一　妻が実家へ戻ってから三、四年もたって、夫が復縁を求めようと無効。
一　夫が酒などに狂い、妻の衣類を無理に質入れしたり売り払ったりした場合。

一　尼寺（縁切寺）へはいれば、三年後に離縁となる。
一　夫が重罪を犯したとき。

しかし、この時代の男女の倫理観は、どちらかと言うと低いほうだった。一般の娘や人妻が囲い者（お妾《めかけ》）を希望する余り、普通の女の奉公人が不足したという話さえ残っている。

人妻の不倫も、驚くほど多かった。不倫の相手と一緒になりたいために、縁切寺へ逃げ込む人妻も少なくなかった。そうした人妻たちは、離婚法を何とかうまく活用できないものかと、あれこれ考えたはずである。

おくめもいまは、そんな人妻のひとりとなっていたのだった。

だが、丹七は家出などしていない。丹七とおくめは、別居という状態にもなかった。また大酒呑みの丹七だが、おくめの衣服を売り払ったりはしていない。

縁切寺にはいって三年も待つのは、おくめのほうで御免をこうむりたい。

離婚を許される法には、どれも当てはまらなかった。丹七がどうしても離縁を承知しないとなれば、何とかご定法を活用するしかないのだ。最後にただひとつ残されたのは、丹七に重大な罪を犯させることだけである。

八月の雨は、小止《おや》みなく降り続く。丹七の酒も、まだ続いている。朝から飲み始めて、昼前にようやく一升徳利が空《から》になりかけていた。

今日こそは何としても先の見通しをつけようと、堅い決意のもとにおくめの意気込みが違っている。それだけに、もうただの夫婦喧嘩には終わらせないと、おくめには焦りもあった。

おくめは、気を鎮めにかかった。怒鳴っても叫んでも、あまり効果はなかった。それなら丹七を、重罪を犯す立場へ誘い込むことに、努力したほうが賢明である。

「ねえ、お前さん」

おくめは改めて、長火鉢の前にすわった。

「何だ」

丹七は、眠たそうな目つきになった。

「この先どうするつもりか、お前さんにはっきり答えてもらいたいんだけどね」

「この先どうするつもりかとは、いってえどういうことだい」

「貯えもすっかり底を突いて、一文なしって言ってもいいくらいなんだよ。お酒だってそれが飲み納めなんだからね。二、三日もしたら、米さえ一粒もなくなるっていうのに、お前さんの気が知れないよ」

「何だい、そんなことかい」

「これじゃあ女房に愛想《あいそ》尽かしされて、当たり前じゃないか。だからさっさと、去り状を書いておくれって頼んでいるんだ。独り身になってからのお前さんが野《の》垂《た》れ死のうと、わたしの知ったことじゃないんだからね」

「べらぼうめ、食うに困って女房を離縁したなんてのは、江戸っ子の恥だい」

「たいそうな口をきいたって、銭は降ってこないよ。どうするんだい、わたしの着物を質に入れようかねえ」

「冗談じゃねえやい。女房の持ち物を質草に、飲んだり食ったりしたとあっちゃあ江戸っ子の名折れだ。そんなことは、このおれの意地が許さねえ。銭のことで、おめえの世話にはならねえよ」

「だったら、どうするんだい」

「銭は、銭は借りてくらあ」

「誰に借りるのさ。返すアテもないお前さんに、銭を貸すような物好きはいないよ」

「世間はそうかもしれねえが、安五郎《やすごろう》だけは別だぜ。昨日だって安五郎が、ちゃんとここへ挨拶に来たじゃあねえかい。おかげさんで高輪《たかなわ》から百日がかりの大きな仕事が持ち込まれて、前金として九両三分いただきましたってな。そのうちの一両や二両、おれに貸さねえ安五郎じゃあねえやい」

丹七は、胸を張った。

「そうかい、わかったよ。明日にでも安五郎さんから借りてくれるんだったら、お前さんに任せようじゃないか」

おくめは、胸のうちでしめたと思った。

おくめはすでに、一計を案じている。そのおくめの巧みな話の運びに、丹七は乗ったのであった。

昼間のうちに飲み納めだと言っておきながら、おくめは夜になって丹七のために酒を買って来た。明日にでも金が借りられるのであれば、少しぐらい過ごしてもいいだろうとおくめは丹七に酒をすすめる。

疑うことを知らない丹七は、喜んで酒をガブガブやった。丹七はやがて、これまでにないひどい酔い方をして眠ってしまう。おくめは住まいを抜け出して、隣の本郷二丁目にある実家へ足を運んだ。

翌朝も早々に、おくめは家を出ていった。だが、丹七のほうは、そうはいかなかった。前夜の深酒がたたって、丹七が目を覚ましたときには六ツ半、午前七時を回っていた。

丹七は大急ぎで身支度をして、よろけながらも住まいを飛び出していった。皮肉なことに朝の陽光がまぶしく、その明るさに気分が悪くなる。

二日酔いではなく、いまもまだ酔っているのだ。迎え酒か冷たい水が欲しいところだが、それに耐えて丹七は歩き続ける。安五郎からせめて一両、できれば二両は借りたいの一心であった。

安五郎はまだ少年の時分から、丹七が仕込んだ子飼いの大工である。安五郎は、一人前以上の大工になった。気風《きっぷ》もいいし、若い職人たちの信望も得ている。

それで三年前に引退するに当たり丹七は、お出入りを許されているお屋敷などの得意先を譲り、安五郎を棟梁としたのであった。そうした安五郎なので、借金だろうと頼みやすかった。

しかし、今日から安五郎たちは、高輪の普請場へ通うことになっている。晴天なのに、寝坊をする大工はない。安五郎は夜明け前に、高輪へ向かっているはずである。

六ツ半まで眠っていた丹七のほうが、ドジなのだから仕方がない。安五郎がいなくても女房のおせいが何とかしてくれると、酔いが醒めていない丹七は楽観的に構えていた。

安五郎の住まいは、そう遠くなかった。湯島一丁目の東、外神田の金沢町であった。家は棟割《むねわ》りだが、横丁に面している。職人衆の町には、朝の静寂が横たわっていた。

人影のない横丁へはいり、安五郎の住まいの格子戸《こうしど》をあける。掃除が行き届いている土間、黒光りしている板の間、正面の縁起棚に長火鉢と、棟梁と呼ばれるようになった安五郎の家らしいたたずまいである。

「丹七だ、ごめんよ」

声をかけて、丹七は上がり込んだ。

応じる声がなく、誰も現われない。安五郎が三十五、おせいが二十七という夫婦者で、あとは幼児がひとりだけの家族だった。おせいは子どもを連れて、近くまで出かけているのかもしれない。

丹七の視線は、真っ先に縁起棚に突き刺さる。いつもそこに金が置かれてることを、丹七は知っていた。そうなれば金を借りに来た身として、どうしても縁起棚が気になるのである。

縁起棚は、商売繁盛か息災を祈る神仏混交の神棚であった。設けられた位置と大きさは仏壇を思わせるが、内部は神棚に似ている。商売繁盛を願うところは、招き猫を置くことが多い。縁起棚の奥にはこの家の主人が信仰する神が安置され、注連縄《しめなわ》、神木のサカキ、御燈明《ごとうみよう》などが目につく。一方の御燈明の前に、袱紗《ふくさ》の包みが置いてあった。

その隣に、超小型の賽銭箱《さいせんばこ》のような外見の容器が、並んでいる。それが釣り銭とか、手に残った小額の金銀とかを投げ込んでおく箱だということも、丹七は承知していた。

袱紗を広げてみると、中身は小判が九枚と一分金が三枚だった。普請の前金として受け取った九両三分が、そっくり縁起棚に供《そな》えてあるのだ。それでこの家には、誰もいないときている。

「不用心じゃあねえかい」

そうつぶやきながら丹七の目は、小判に吸い寄せられるように動かなかった。

九両三分もあれば、景気よくパッと宴の花を咲かせることができる。久しぶりに、憂《う》さを晴らしたい。むかしの豪気で威勢のいい棟梁の真似事《まねごと》でもしてみたいと、丹七は九両三分という金に魅了された。

——まったく、情けねえ話だ。他人《ひと》さまのものを盗もうなんて、そんな根性で江戸っ子面《づら》ができるかい。

——いまさら、江戸っ子の意地も恥もあるかってんだ。こちとら女房にまで愛想尽かしをされ、いつかは野垂れ死ぬほかはねえ身なんだぜ。

——盗人《ぬすっと》になる気か。

——こうなったら、太く短くってえ生き方も悪くはねえ。

——召し捕られるぞ。

——おれが盗んだとは、わかるめえ。

——縄付きになってもいいのか。

——そのときは、そのときよ。

自問自答というよりも、二人の丹七の闘いであった。だが、勝敗はあっさりと決まった。酔っている丹七のほうが、強かったのである。

酔っていれば、安五郎の金だからという甘えが作用する。罪悪感も鈍るし、スリルを味わうような遊び心があった。そして、どうにでもなれと気が大きかった。

丹七はついでにという思いから、小さな賽銭箱のような容器の中身も、袱紗のうえにぶちまけた。一文銭と十文銭が十数枚で、一分金が一枚だけまざっているようだった。

しかし、よくは確かめずに袱紗に包み、九両三分ともども懐中に押し込む。丹七は、安五郎の家を出た。人目にはついていないし、おせいが戻ってくる気配もなかった。

表通りを避けて通ったのは、盗人の心理であった。だが、下谷御成《したやおなり》街道へ抜けたときの丹七は、盗んだ金をどこで景気よく使うかということしか、考えていなかった。

丹七の遊興の場は、深川の仲町ということになった。

吉原以外は岡場所なので、どこにも公娼《こうしょう》はおらず私娼に限られている。ところが、丹七はそういう女を必要としない。丹七の目的はあくまで豪勢な遊興であり、この世の憂さを忘れるために酔うことだった。

それで芸者で知られる深川を、丹七は選んだのである。芸者を五人ばかり茶屋へ呼んで、まだ朝ともいえそうな時刻から丹七は飲み始めた。飲めや唄えの大騒ぎになる。

宴は、延々と続く。夜になっても酔いつぶれるまでこれで頼むと、丹七は持ち金の全額をさっさと茶屋の主人に渡してしまった。明日をも失ったような丹七に、家へ帰るといった気持ちは毛頭なかった。

まだ日射しが真上から隅田川の川面《かわも》に映《は》えているころ、おくめは不忍池を北に眺める池之端《いけのはた》仲町にいた。ここにある四棟八軒の家が、正浄の親譲りの家作であった。

そのうちの一軒が正浄の息抜きの場所として、貸し家にはなっていなかった。

そこを正浄とおくめは七月、八月と密会のために利用していた。

おくめの出入りさえ気をつければ、この家での行為が見つかる心配はなかった。

一帯には商家が多いので一日中、大勢の人出で賑わっている。おくめひとりが、目立つはずはない。

騒音にも、切れ目がなかった。更に吹貫《ふきぬき》横丁にある家は、二方が剣術の町道場と接している。朝から晩まで、気合と竹刀《しない》の触れ合う音の絶えることがない。

町道場が大きな目隠しになるうえに、家の中の声まで消してくれる。真っ昼間だろうと、安心して情事に熱中できる。正浄とおくめは、全裸に近い格好で睦み合った。

「お前さま、これで何もかもすみましたよ。一から十まで、わたしの思いどおりになりましたからね」

おくめは汗まみれの裸身を、正浄に絡みつかせながら言った。

丹七に対する態度や言葉遣いが、ここでは嘘のように影をひそめている。とろけそうに甘い声も陶酔の表情も、女っぽくなりきっていた。まるで、別人であった。

「すべてお前の思いどおりにいくとは、よくもまあそこまで読めたものだ」

一方の正浄にしてもこのところ、およそ修行僧らしくない言動と雰囲気を示すようになっていた。

破戒僧であることが板に付いて来たというべきか、正浄には度胸を据えた姦夫《かんぷ》のふてぶてしさが感じられる。正浄は頭をまるめているだけで、あとは情欲の虜《とりこ》となった男にすぎないのだ。

「丹七の酔ったときの戯言《たわごと》を聞いていれば、胸のうちの本音《ほんね》ってものが読み取れますよ」

心身ともに満たされたと言いたげに、おくめは気《け》だるそうに溜息《ためいき》をついた。

丹七は酔うたびに、同じことを繰り返し口にした。初めは酔っぱらいの寝言ぐらいに思って、おくめは耳も貸さずにいた。だが、それが毎夜のこととなると、これぞ丹七の本心から出た願望だろうと、おくめも思わずにはいられなかった。

「五両ぐれえでいいから、まとまった金を手に入れてえもんだ。おれはその金で派手に遊んで、飲めるだけの酒を飲んでみてえのよ。この丹七にそれくれえの男の花道がねえとなると、こんなおもしろくねえ世の中にも未練が残らあ。五両ばかり、おれに恵んでくれるやつはいねえものか。盗みを働いてでも、まとまった金を手に入れてえもんだ」

丹七は毎度、こんな言葉を並べ立てたのである。そのときは往年の丹七に立ち返ったように、爛々《らんらん》たる眼光と輝ける表情でいた。おくめはそうしたことから、酔ってはいてもそれが丹七の本心と読んだのだった。

「シラフであれば、思い留まることにもなる。けれども酔っぱらっていれば、酔っぱらったときの思いがそのまま残っている。それでお前は昨夜、たらふく亭主どのに酒を飲ませたのだね」

しゃべりながら、正浄は何度もおくめの乳首を吸った。

「今朝まで、酔いが残るようにと……。そのとおり丹七は今朝になっても酔っていたので、すっかり寝過ごしてしまい、安五郎が出かけたあとの金沢町へ飛んできましたよ」

もっと強く吸ってくれと催促して、おくめは胸を高く浮かせるようにした。

「お前は金沢町へ先回りして、安五郎のおかみさんを家から連れ出したのかい」

「そんな遠くまで、連れ出したわけじゃありませんよ。明神下の大銀杏《おおいちょう》のところで、子連れのおせいさんと立ち話をしていたんです。わたしからは、横丁の様子が見て取れました」

「安五郎の住まいに人気《ひとけ》はなく、縁起棚には九両三分が置いてある。そこへ酔った亭主が、ひとり上がり込む」

「猫にカツブシとはこのことで、丹七はたちまち盗人に早変わり、どうせ盗むんだったらと、九両三分のほかに近くにあった銭箱の中身にもついでに、手をつけるのが当たり前でしょうね」

「いまごろ、亭主どのは……」

「どこぞの茶屋で、浴びるように酒を飲んでいましょうよ。おせいさんはおせいさんで、大金を盗まれたととっくに届け出たはず。さてこの先、どうなりますやら」

「お前は、まことに恐ろしい女。その仏敵にも等しいお前の真心に、わたしも応えよう。わたしは大仁寺を出て落堕《らくだ》（破戒僧の還俗《げんぞく》）したうえで、お前と俗縁を結び夫婦となろう」

正浄は、おくめの尻を撫で回した。

「お前さま、嬉しい！」

おくめは、正浄の胸にすがった。

一夜明ければ、文化十三年八月二十六日——。

明け六ツに、丹七は目を覚ました。丹七は茶屋の一室に、ひとりで寝ていた。

丹七自身の羽織が背中に掛けてあるだけで、夜具はのべられてなかった。

陰暦八月の末は、晩秋を間近に控えた季節だった。朝夕は、気温が下がる。丹七も薄ら寒さを感じて、目を覚ましたのであった。酔いは、残っていない。

だが、昨夜のことは、まるで記憶になかった。断片的に覚えているのは、夕方までのことである。どうやら宵《よい》の口に、前後不覚に酔いつぶれたらしい。

にわかに乾いた現実の風が、丹七の身に吹きつけて来た。丹七は字でも読むようにして、昨日の朝からの記憶をじっくりと追ってみた。心の臓が締めつけられて、丹七の全身に震えが生じた。

とんでもないことをやらかしたと、音もなく迫ってくる恐怖感に丹七は真っ青になった。昨日の朝、安五郎の家から金を盗んで逃げたのだ。盗んだのは小判が九枚、一分金が四枚、それに銭が三十八文であった。

小判九枚と一分金四枚は、昨日のうちに茶屋の主人に支払っている。つまり、使い果たしたわけである。いま丹七の懐中にあるのは、三十八文という銭だけだった。

持ち出した金を遊興に使い果たしたとなれば、これは完全な盗みと見なされる。そして何よりも問題なのは、盗んだ金の額ということになる。

俗に十両盗めば首が飛ぶといわれるように、十両以上の盗みは死罪と決まっている。御定書百箇条という法律にそのまま従えば、丹七に下されるお仕置は間違いなく死罪であった。

盗んだ金が十両に達しなければ、刑罰は重敲《じゅうたたき》にすぎなかった。敲は笞《むち》で打たれて、それに入墨《いれずみ》という付加刑がある。普通の敲は五十回、重敲は百回まで打たれる。

丹七も袱紗に包んであった九両三分だけを盗んだのであれば、百回ひっぱたかれたうえに入墨という刑ですんだのだ。それを銭箱の一分と三十八文をついでに盗んだために、丹七は死罪になるのであった。

一分金は、一両の四分の一に相当する。したがって、九両三分に一分金を加えれば、十両となってしまう。丹七が盗んだ金額は、全部で十両と三十八文となる。

銭箱の中の一分金さえ盗まなければ、九両三分と三十八文で十両には達しなかった。たった一枚の一分金が重敲ですむ刑罰を、死罪にして丹七に押しつけたのだった。

だが、そんなことを悔いたところで、もはや手遅れなのである。取り返しがつかないとは、このことであった。丹七は思考力を失って、深川仲町の茶屋を出た。帰るところもなければ、行くアテもない。丹七は放心状態で、方角も定めずに歩き続けた。

文化十三年の八月には、雨天ばかりが続いた。そのうえ大風雨に見舞われ、江戸の深川と本所は出水騒ぎとなった。この年は閏年《うるうどし》で、閏八月があった。

閏八月も畿内、東海、江戸と大風豪雨が続いて、洪水が相次いで起きることになる。だが、その合間の八月二十五日からの十日間に限り、久しぶりの晴天に江戸の人々はホッとした。

八月二十六日も、抜けるように青い空が広がった。雲ひとつない秋空から、青い汁でも垂れて来そうだった。何とはなしに、空を見上げる通行人が多かった。

尾形左門次《おがたさもんじ》もそのひとりで、空を振り仰《あお》いでは吸い込まれそうな青さを楽しんだ。尾形左門次は、木刀を背中に差した中間《ちゅうげん》と御用箱を背負った小者《こもの》を従えて、神田川の河口付近を見回っていた。

今朝は神田川河口の岸の荷物が、野放しになっているという苦情があり、尾形左門次は早朝から出張《でば》って来たのだった。神田川は隅田川へ流れ込み、和泉橋《いずみばし》のあたりまで船入りが許されている。

河口には柳橋《やなぎ》が架かっていて、猪牙船《ちょきぶね》や楼船《ろうせん》の溜《た》まり場になっていた。なるほど川岸に、やたらと船荷が積んであった。荷主は近くの料理茶屋で、百余の荷は塗り膳だという。

尾形左門次は料理茶屋の主人と番頭を呼びつけ、厳しく注意したうえで直《ただ》ちに荷物を引き取らせた。店の者が総出で荷物を運び去るのを、尾形左門次は最後まで見届けた。

そのあと左門次は、両国広小路のほうへぶらぶらと歩いていった。両国橋の渡り口の左側に、両国稲荷《いなり》があった。稲荷の手前には、橋番所が設けられている。

そこまで来て左門次は、両国橋を渡りきった男の姿に気づいた。幽霊のように青い顔をして、足が地につかない歩き方だった。魂が抜けたみたいな男だが、左門次の知り合いだった。

「本郷の棟梁《とうりょう》じゃあねえかい」

とっくに隠居したと聞いているが、あえて左門次は棟梁という呼び方をする。ところが、男の耳には左門次の声がはいらない。目が死んでいるようだし、完全な虚脱状態にある。頭の中で空っぽなので、何も聞こえないのに違いない。

「どうかしたのかい、油揚横丁の丹七よ」

すれ違ってから左門次は、丹七の背中をどやしつけた。

「あっ！」

丹七は驚いて、飛び上がった。

「おい、酒臭いじゃあねえかい。酒を過ごしての朝帰りだな」

左門次は、苦笑した。

しかし、丹七は反射的に逃げ出そうとして、よろけて地面に転がった。上体を起こしただけで、丹七は立ち上がろうとしなかった。そのうえ、丹七は泣き出した。

手放しで泣くから、頬を濡らす涙も見える。それに泣き声が、次第に大きくなる。盛り場なので、通行人が多かった。通りかかる連中が、一様に驚いて丹七へ視線を集める。

「よせやい、ガキじゃああるめえし……」

八丁堀の旦那がいるので只事《ただごと》ではないと、野次馬があっという間に増えていくから、左門次も大弱りであった。

「旦那、あっしは死罪になる前に、首をくくるほかはねえんで……」

地面を叩いて、丹七は泣きじゃくった。

「死罪になるような悪事を、おめえが働いたっていうのかい」

左門次は、表情を引き締めた。

「こいつばかりは、お助け同心の旦那におすがりしても、どうにかなるもんじゃあござんせん。旦那、あっしは十両と三十八文を盗み、残らず使い果たしちまったんでさあ」

丹七は、頭《こうべ》を垂《た》れた。

「まあいいから、人目につかねえところで、詳しい話を聞こうじゃあねえかい」

左門次は、丹七の右腕を引っ張った。

右手を痛めているので、丹七は顔をしかめて立ち上がる。左門次は中間と小者に野次馬を追い払うように命じて、丹七を橋番所の裏手へ連れていった。

両国稲荷の鳥居の下に立つと、そこには人影もなく嘘のように静かであった。

まずは丹七を落ち着かせたうえで、左門次はゆっくりと事情を語らせた。丹七は何から何まで、すっかり打ち明けた。それでもなお丹七に繰り返させて、左門次は同じ話を二度も聞いた。

なるほど、丹七が十両と三十八文を盗んで遊興費としたことは、紛《まぎ》れもない事実であった。十両盗めば首が飛ぶで、間違いなく丹七は死罪となる。

盗みは、親告罪ではない。たとえ安五郎が丹七の盗みと知り、恩人に同情して訴え出なかったにしろ、町奉行所に噂でも聞こえれば容赦なく召し捕りとなる。丹七の罪は、決して消えないのだ。

それに安五郎が、丹七の仕業《しわざ》だと気づくはずはない。おそらくそれで昨日のうちに、自身番へ届け出ている。そうすればすでに、定廻《じょうまわ》り同心の耳にもはいっていて、岡っ引が調べを始めているだろう。

十両のうち八両ぐらいを安五郎に返せれば、丹七の罪はいくらかでも軽くなる。だが、残らず遊興に使い果たしたとなると、これは悪質な盗みと見なされる。丹七が、死罪を免《まぬが》れる方法はない。

「こいつは、難しいようだ」

左門次は腕を組んで、鳥居の下を歩き回った。

「旦那、あっしをお縄にしておくんなさい」

丹七は、涙をふいた。

「おれは、高積見廻《たかづみ》りだぜ。盗人を召し捕るのは、お役目違いだ」

「でしたら、あっしは首をくくることにします」

「意気地のねえことを、ぬかすんじゃねえ。むかし鳴らした江戸っ子丹七の名が、泣くじゃあねえかい」

「盗みを働くような丹七は江戸っ子の恥、首をくくるにふさわしい男でござんすよ」

「前の晩の深酒がそっくり残っていて、昨日の朝のおめえはまだ酔っていた。酔っぱらいの出来心ってやつだからこそ、何とか助ける手立てはねえものか、おれも思案しているんじゃあねえかい」

「ありがとうございやす。ですが、朝から酔っておりやしたからでは、申し開きにも言い訳にもなりやせん」

「ちょいと、待ちねえ」

「へい」

「前の晩の酒は、女房のおくめが珍しくすすめて、おめえにたらふく飲ませたってえ話だったな」

「そのとおりで……」

「安五郎に前金の九両と三分が渡り、翌朝にはおめえが安五郎のところへ借金に出向くってことを、おくめもしっかり承知していたんだろう」

左門次は右手で、左肩を揉むようにしていた。

「へい」

丹七は、キョトンとした顔でいる。

「昨日の朝になっておめえが出かけるとき、女房のおくめは家にいなかったんじゃあねえのかい」

道が開かれたというように、左門次の眼光が鋭くなった。

「ひどい二日酔いで寝過ごしましたが、あっしが目を覚ましたときから、おくめは家におりやせんでした」

どうも腑《ふ》に落ちないとばかり、丹七は何度となく首をひねっていた。

「やっぱり、そうかい」

「まさか旦那は、おくめが仕組んだことだろうと、お疑いなんじゃあねえでしょうね。亭主に盗みをさせるように仕向ける女房なんて、この世にいるはずがござんせんよ」

「おめえの話によると、おくめは毎日のように離縁を申し出ていたそうじゃあねえかい。そのとおり、おくめは不実な女房のようだぜ」

「夫婦のあいだに隙間風《すきまかぜ》が吹いて、何かと気に入らねえってことになりゃあ、女房なんて去り状を書いてくれと言いたがるもんでさあ」

「おめえも、とんだお人よしだ。縁切寺へ駆け込む女房の中にも、間男《まおとこ》のためっていう連中が少なくねえ。女房がやたらと離縁を望むようなときには、色男ができたものと受け取って間違いねえんだ。おくめはまだ、男の肌を恋しがる女だしな」

「おくめは、あっしが死罪になるように計ったんですかい」

「死罪になりゃあ言うまでもねえが、重罪ってことだけでも、おくめはおめえとの離縁が許されるんだ。それで、おくめは晴れて色男と、夫婦になれるって魂胆《こんたん》だろうぜ」

「あっしは、とても信じられやせん」

「いいから、おめえは本郷の住まいへ帰るんだ。おくめとはいっさい口をきかず、何を尋《たず》ねられても答えず知らん顔でいろ。あとはおれが何とかするから、首をくくったりなんぞするんじゃあねえ」

左門次は、丹七の肩を叩いた。

「へい」

丹七の割り切れない顔つきには、寂しげな悲しみの色も漂っていた。

丹七はそれでもいちおう、指示どおり本郷三丁目の住まいへ戻ったのである。

だが、そこには岡っ引が、二人の手先とともに張り込んでいた。

「女房のおくめが昨日の朝、金沢町の安五郎の住まいへ、まとまった金を借りに出向いたってことを、あっさり吐いちまったぜ」

岡っ引はせせら笑って、丹七を自身番へと引っ立てていった。

やはり、おくめが――と、丹七は絶望感を味わった。そのために、丹七はすっかり観念した。自身番で定廻り同心の調べを受けて、丹七は十両と三十八文を盗み、深川の茶屋で使い果たしたことを白状した。

重罪人として丹七は、直ちに大番屋へ送られた。

この日の役目を終えたその足で、尾形左門次は外神田の金沢町へ向かった。安五郎の住まいを、左門次は訪れる。まだ日暮れ前でもあり、安五郎は高輪の普請場から戻って来ていなかった。

女房のおせいが、左門次を縁起棚のある居間へ通して相手をする。おせいには、定廻りに高積見廻りという同心の職務の区別がつかない。それでおせいは左門次を、定廻り同心だと頭から決めてかかっている。

「おめえは丹七が、借金にやってくることを、前もって知らされていたんじゃあねえのかい」

隣の部屋で眠っている子どもに気づき、左門次は声を低くしていた。

「はい。昨日の朝早くに、おくめさんからそうと聞かされました」

同心なる存在が恐ろしいのか、おせいは左門次の顔をまともに見ようとしなかった。

「おくめがそんなことを、わざわざ聞かせに出向いて来たのかい」

「棟梁の顔を立ててやってくれと、頼みに来なすったんです」

「昨日の朝の何時《なんどき》だったか、覚えているだろうな」

「はい。うちの棟梁が出かけたあとでしたから、明け六ツを回って間もなくだったと思います」

「おくめは、ここへ上がり込んだんだろう」

「はい」

「ここで、おめえとおくめはどれほどの時を過ごしたんだ」

「つまらない世間の噂でも話が弾《はず》んで、六ツ半（午前七時）まではここにおりました」

「そのあいだ、おめえは一度も立たなかったのかい。つまり、座をはずすってことだが……」

「一度だけございました。あの子が泣き出しましたので、あそこまで立っていって連れて来ました」

「それで、おくめは六ツ半になって、帰っていったのかい」

「いいえ、久しぶりによく晴れて気散《きさん》じになるから表へ出てみないかと、おくめさんに誘われました。わたしも青い空を眺めたかったたし、話の続きもありましたので、あの子を連れておくめさんと一緒に表へ出たのでございます」

「どこへ、足を向けたんだ」

「すぐ、近くまででございます。明神下の大銀杏にもたれて、五ツ（午前八時）まで立ち話をしておりました」

「そのあと、おくめとは別れたんだな」

「いいえ、おくめさんも一緒にまた、ここへ戻りました。そしてすぐに、九両三分が袱紗ごと消えているのに、気づいたのでございます」

おせいは、縁起棚を振り返った。

「あれの中身は、どのくれえだったんだ」

左門次は、縁起棚の銭箱を指さした。

「あれには、お釣りにもらった文銭を投げ込むだけですので、大したことはございません。十文銭がせいぜいですから、昨日は三、四十文も入れてあったでしょうか」

おせいは縁起棚へ手を伸ばして、空っぽの銭箱の中を左門次に見せた。

「ちょいと、待ちねえ。おめえも性根《しょうね》を据えて、答えなくちゃあいけねえぜ。銭箱の中身が三、四十文だったとは、承知できねえ話ってことにならあな」

左門次は、すわり直した。

「いいえ、いい加減なことは申しておりません。間違いなく三、四十文しか、はいっていなかったのでございます」

左門次を恐れているおせいは、震えながらも必死の面持《おもも》ちで反論した。

「一分金を、忘れちゃあいねえかい」

左門次の右手が、無意識のうちに左の肩を揉んでいた。

「一分金とはまた、何のことでございましょうか」

「銭箱の中に一分金が、へえっていたってことよ」

「そんなはずはございません。銭箱には、十文か一文しか入れないことにしておりますす。一分金を遊ばせておくほど、暮らし向きが楽ではございませんし……」

「奇妙なこともあるもんだ。九両三分のほかに銭箱の中の一分金と三十八文も盗んだと、当の丹七が白状しているんだぜ」

「本郷の棟梁が盗んだと、はっきりしたのでございますか」

愕然《がくぜん》となって、おせいは顔色を変えた。

「まあ、そういうことだ」

いまから口を押さえても手遅れだが、左門次は余計なことを言ったようである。

「実は昨夜、恩人を売るつもりかとうちの棟梁から怒鳴《どな》られまして……。それは九両三分を盗まれたと自身番へ届け出たときに、わたしが言わなくてもいいことを申したためでございます。自身番であれこれと尋ねられて、本郷の棟梁が借金に見えると前触れがあったのに現われなかったと、うっかり口にしてしまいました。そのために本郷の棟梁が、お縄になったのでございましょう」

おせいは、両手で顔を覆《おお》った。

左門次も、しまったと思った。おせいの口から、すでに丹七の名が出ている。

それが定廻り同心の耳に伝われば当然、岡っ引を丹七の住まいに走らせる。そこで待っていましたとばかり、おくめが丹七にとって不利な証言をする。

そういうことなら丹七を、家に帰すのではなかった。本郷の家には岡っ引が張り込んでいて、戻って来た丹七を召し捕ったことだろう。丹七は、度胸を決めて白状する。それで、丹七の死罪は確定したも同然である。

丹七を死罪から救う足がかりは、ひとつしかない。被害者が盗まれたのは九両三分三十八文、十両に満たないと主張していることだった。

定廻り同心の辺見勇助《へんみゆうすけ》に、左門次は相談してみた。辺見勇助は大いに納得したらしく、翌日まる一日を費やして精力的に動いてくれた。しかし、結果は思わしくないというより、徒労に終わったのであった。

安五郎とおせいが、銭箱の中に一分金はなかったと懸命に繰り返す証言を、北町奉行所の支配与力と吟味《ぎんみ》与力が採用を拒否したのだ。信じられない証言、という理由からである。

安五郎とおせいは、恩人の丹七を庇《かば》い立てしている。何とか丹七を死罪にさせまいと、盗まれた金額を十両以下に減らすための偽証に違いない。それよりも、盗んだ当人の証言のほうがはるかに信じられる。

丹七は死罪になることを覚悟のうえで、十両と三十八文を盗んだと白状に及んでいる。それを裏付けて深川仲町の茶屋は、丹七から十両の支払いを受けていた。丹七が懐中にしていたのは三十八文で、合わせて十両と三十八文になる。安五郎たちの証言は、百歩譲っても、勘違いか思い違いと判断すべきだろう。

北町奉行所の支配与力より、辺見勇助はそのような見解を告げられた。十両以上を盗んだという重罪で、丹七には入牢《じゅろう》証文が出されて伝馬町《てんまちょう》の牢屋敷へ移された。もはや、絶体絶命である。

だが、左門次はいまだに、あきらめていなかった。おくめが仕組んだことは、明らかなのだ。銭箱に一分金を入れたのも、おくめに間違いなかった。

前夜に大酒をすすめて丹七を泥酔させたのは、翌朝の寝坊と酔っぱらいに出来心を生じせしめることが狙いであった。おくめのほうが早く、安五郎の家を訪れた。

話し込んでいたおせいが、子どもが泣き出したことで立っていった隙に、おくめは銭箱へ一分金を投げ込んだ。次におせい母子を外へ誘い出して、丹七が盗みをしやすい状況を作った。

問題は一分金の出所《でどころ》である。一分金を、おくめが持っていたとは考えられない。

誰かから、一分金を借りたのだ。おくめに一分金を貸すような人間となると、極《ご》く少数に限られる。

まずは、おくめの色男であった。しかし、前夜にでも急いで借りるとなると、色男には具合よく会えないかもしれない。そうだとすれば、おくめの肉親だろう。

調べてみると、おくめの実家は本郷二丁目にあるとわかった。本郷三丁目の油揚横丁から近いし、隣の二丁目へ飛んで行くのは簡単であった。この実家に乗り込もうと、左門次は意を決した。

丹七が召し捕られて五日後、牢屋敷へ移されて二日後の宵《よい》六ツ半、午後七時に左門次は本郷二丁目に現われた。八百屋が店じまいをするところを見計らって、屋号も記されていない小さな青物屋の前に、左門次はたたずんだ。

青物市で見るように、新鮮な野菜は残っていない。また八百屋の店というのは、いっぱいに野菜が並ぶこともない。極く一部の店先に人参《にんじん》、瓜《うり》、牛蒡《ごぼう》、蕪《かぶ》などが積まれている。ほかに漬物、黄な粉、辛子《からし》といったものを売っていた。

店の半分が板の間と、畳敷きになっている。奥に形だけの帳場が設けてあった。表戸はしめてあって、人が出入りできるくらいの隙間が作ってある。店は火も消してあり、奥から明かりが洩れている。

「ごめんよ」

左門次が声をかけると、小柄な人影が現われた。
四十五、六の女だった。左門次を見て、女はハッとなった。もちろん丹七が盗みを働き、召し捕られたことは知っている。そのことで八丁堀の旦那が来たのだと、女は緊張したのだろう。
「おめえさんは、おくめのおふくろかい」

左門次はいきなり、朱房《しゆぶさ》の十手を抜き取った。

嘘をつかせまいと相手を威嚇《いかく》するのに、十手はこのうえなく役に立つ。女も尻餅《しりもち》をついたまま、動けなくなっていた。

「は、はい、おちよと申します。おくめの母親でございます」

女は這《は》いずって、何とかすわり直した。

「七日ほど前のことになるが、おくめがここへ来ただろう。忘れたとは、言わせねえ。正直に、申し上げろい」

珍しく、左門次は凄《すご》みを利《き》かせた。

「はい、はい、確かに参りました。それも夜分、血相を変えて飛び込んで参りました」

おちよは、縮み上がっていた。

「用向きは、一分ばかり貸せってことだった」

「そのとおりでございます。おくめはわたしが一分金を、守り袋の中に入れていることを知っておりますので、それをアテにして参りましたんでしょう。連れ合いも伜《せがれ》たちも町内の寄合いに出かけて、留守にしておったのをいいことに、おくめは押し込みみたいにわたしを脅《おど》しました」

「おめえさん、断わったんだな」

「この一分金は誰にも渡さないと申しますと、おくめはわたしの顔を二度も叩きました」

「女のくせに、大した悪党だぜ」

「そのうえ、店にあった菜切り包丁を振り回しまして、わたしの懐中から守り袋を奪い取ったのでございます。それを取り戻そうとした拍子に、ほれこのとおり包丁で切られたのでございますよ」

おちよは、右手を差し出した。

なるほど手の甲に一寸、三センチほどの傷跡が残っていた。

「よくぞ、話してくれたな」

左門次は、思いきり息を吐き出した。

「あの親不孝者め、どうにでもなるがいい」

母親の目が、憎悪に光っているようだった。

おくめという悪女は、とんだことでその正体を現わした。これで丹七を救えると、左門次の胸のうちにはお助け同心の充足感が広がった。

実の母親でありながら、おちよもおくめに愛想尽かしをしている。おちよはおくめに、顔を叩かれ包丁で切りつけられたうえ、虎の子の一分金を奪われた。

その一分金はおちよが急な出来事に備えて長年、守り袋に入れて肌身離さずに所持していたものなのだ。あまり裕福ではない八百屋のおかみさんが、何よりも大事にしていた一分金なのだろう。

それを奪ったおくめは、実に憎たらしい。とてもわが子とは思えないと、親の情も冷えきることになる。ただ親が娘の不始末を訴えて出ることだけは差し控えていたが、おくめと縁を切って赤の他人になりたいというのが、おちよの真情なのに違いない。

だからこそおちよは、左門次に事実を打ち明けた。更におちよは思わず、あの親不孝者め、どうにでもなるがいいと口走ったのである。そのおちよの言葉は、左門次にとっても救いになった。

「おくめがどうなろうと構わねえと聞いて、こっちも気が楽になったぜ」

そう言い置いて、左門次は小さな八百屋の店先を出た。

翌日、左門次は辺見勇助に協力を頼み、朝から本郷三丁目の丹七の家を監視した。おくめに色男がいるならば、もうそろそろ会わずにいられなくなると、左門次は踏んだのであった。

正午近くになって、見張りは功を奏した。案《あん》の定《じょう》、おくめが家を出たのだ。あたりに目を配りながら、おくめは逃げるように足を早める。秘密の行動をとろうとしていることが、左門次たちには滑稽《こっけい》になるほどよくわかる。

本郷三丁目から武家地の中の道を真っ直ぐ東へ向かい、湯島天神の北側の切り通しを抜けるともう不忍池だった。池之端仲町にある一軒の家の中へ、おくめは駆け込むように姿を消す。

しばらく待ってから左門次と辺見勇助は、密通の現場を押さえるために家の中へ侵入した。真っ昼間だというのに雨戸まで締めきって、家の中は薄暗かった。

だが、果たしてそこには浅ましくも半裸になって、狂乱の真っ最中という男と女の姿があった。おくめは無我夢中で、女悦《にょえつ》の声を放っている。

計画どおりに事が運んで、おくめはもはや独り身と変わらない。色男と一緒になるのも時間の問題という解放感が、好色な女の歓喜を倍加させているのだろう。

「色男が坊主とは、驚いたぜ」

辺見勇助がいきなり、正浄の尻を蹴飛ばした。そんなことと比較にならないほど仰天《ぎょうてん》して、正浄とおくめはギャーッと叫んだ。

狼狽《ろうばい》の余り、何が何だかわからなかったらしい。相手をよく見定めずに、正浄は辺見勇助に飛びかかった。これには辺見勇助も、怒り心頭に発した。

「神妙にしやがれ！」

辺見勇助は、正浄を投げ飛ばした。

正浄は空中を飛んで、雨戸に激突する。雨戸が三枚ばかり、はずれて倒れた。部屋の中へ、陽光が射し込む。目の前にいるのが八丁堀の旦那たちとわかって、正浄とおくめは顔色を失った。

おくめはすわり込んで乳房や太腿《ふともも》を見せつけるように、ゆっくりと身繕《みづくろ》いをした。完全に、不貞腐《ふてくさ》れている。実はガタガタ震えながら、開き直っているというべきだろう。

「おめえの悪知恵は大したもんだが、一分金の出所が命取りになったな」

左門次は、おくめを見おろした。

「一分金とは、何のことでございましょうね」

なおもシラを切ろうと、おくめは横を向く。

「いまさら、とぼけても手遅れだぜ。もし一分金がおめえの持ち金だったとしたら、おめえが仕掛けた罠《わな》だってことの証明は、見つからなかっただろうよ。おふくろから一分金を奪ったってことが、おめえには何よりのしくじりだったな」

その面《つら》は見たくもないというように、左門次はおくめに背を向けた。

辺見勇助が岡っ引を呼び入れて、正浄とおくめに縄を打たせた。池之端仲町の自身番へ、二人を引っ立てる。途中の道の両側には、押すな押すなの人垣が築かれる。

繁華《はんか》な土地であり、坊主が召し捕られたということも興味の的《まと》で、大勢の人々が集まったのだ。両名とも重罪人なので、容赦なく衆人環視のうちを縄付きで歩かせた。

自身番につくと、辺見勇助の厳しい取り調べが始まる。音に聞こえた悪党も、定廻り同心の調べには震え上がる。正浄などはたちまち、おくめから聞いた話を正直に申し上げることになる。

おくめも夕方までには、いっさいを白状に及んだ。こうなると北町奉行所の支配与力も吟味与力も、安五郎とおせいの作り話だとか記憶違いだとかではすまされない。

丹七に十両を盗ませるために、一分金を銭箱へ投げ込んだとおくめが認めているのである。その一分金の出所も明白であり、おちよと正浄が証人となるのであった。

北町奉行所は急遽、再吟味と決定した。改めて丹七から話を聞き、おくめと正浄を取り調べる。その結果、亭主と別れるためにという前代未聞の計画の全容が、明らかにされたのだった。

北町奉行、寺社奉行、勘定奉行の合議が繰り返されて、やがてまとまった結論を老中も承認した。閏《うるう》八月、九月とすぎて、おくめ、正浄、丹七に処罰の裁断が申し渡された。

丹七女房おくめ。

夫ある身にて密通いたし候に付き、死罪。

親に手傷を負わせて、並びに打擲《ちょうちゃく》(殴る)いたし候に付き磔《はりつけ》。

親に打ちかかり切りかかり候に付き、死罪。

かくも重なる不届至極《ふとどきしごく》ゆえ、おくめには磔の刑を申し付くる。


大仁寺修行僧の正浄。

僧侶の一般女犯《にょぼん》（たとえば買春）なれば、遠島並びに晒《さら》しの罪に留まるが、正浄は有夫のおくめと密通いたし候に付き、死罪のうえ獄門を申し付くる。


丹七。

丹七が盗みし金銭は、九両三分三十八文と読む。よって、十両には達せず。

更に丹七の盗みは、女房の仕掛けに乗せられてのことにより、お上《かみ》のお慈悲《じひ》をくだされる。

丹七に軽敲《けいたたき》（笞《むち》で五十回、打ち据える）並びに入墨《いれずみ》を申し付くる。


これで、すべてが落着した。数日後に丹七の腕に、敲の付加刑である入墨が施された。その腫れが引くのを待って、丹七は牢屋敷の門前へ引き出され敲の刑が執行される。打役同心が、ひとつ二つと数えながら笞を振りおろす。

この敲の刑は、一般男子のみに対する罰であった。女子には入墨も敲の刑も、適用されなかった。竹の笞で打つところは背骨を避けて、肩から尻にかけてと決まっていた。

五十回で終了すると、牢役人のひとりが水をくれる。医者が、気付け薬を飲ませる。二、三日中には背中の痛みが取れるので、出牢証文が発せられてお解き放ちとなる。

本郷三丁目の名主や五人組とともに、左門次も牢屋敷へ出向いた。このようにしっかりとした引き取り人がいないと、すぐに宿元へは帰してもらえないのだ。

「おくめのお仕置は、磔だそうで……」

さすがに暗い眼差《まなざ》しでいて、丹七は元気がなかった。

「まあ、運がよかったと思いねえ。おくめの罪が親殺しだったら、亭主のおめえも縁坐《えんざ》（連坐）は免《まぬが》れねえぜ」

左門次にも、そんな慰め方しかできなかった。

「いずれにしても旦那、このたびは何から何まで、まことにありがとうござんした」

丹七は、深々と頭を下げた。

「なあに、やれるだけのことやったまでよ」

尾形左門次は、お助け同心の役目を終えたとき、必ず決まったセリフを吐くのだった。

すでに、初冬といえる季節である。晴れてはいるが、風が冷たかった。名所と評判のところまで出かけてみれば、さぞかし満開の菊の花がみごとだろうと、ふと思った。

第六話　魔性《ましょう》の火事

青山とか千駄《せんだ》ケ谷《や》とかになると、江戸ももうはずれであった。江戸の郊外ということになる。青山、千駄ケ谷、新宿などを、近所田舎と呼ぶ人もいた。

新宿は江戸に含まれず、江戸の外に置かれた宿場なので当然、田舎と見なされる。江戸っ子は、品川からはいってくる人々のことを、田舎と称した。主として相州《そうしゅう》（神奈川県）から、江戸へくる人々のことである。

その田舎のほかに、近所田舎という言葉もあった。これには武州（都下と埼玉県）が当てはまる。上総《かずさ》・下総《しもうさ》（千葉県）の人は船で江戸へくるせいか、田舎とも近所田舎ともいわなかった。

田舎や近所田舎よりも遠くなると、他国者または遠国者《おんごくもの》と呼ぶのであった。青山や千駄ケ谷の風情は、まさしく近所田舎だった。何よりも、町屋が極端に少ない。武家地、寺社地が多くて、あとの大半は田畑になっている。視界が遠くまで開けていて、どこに目をやっても広々としている。緑豊かな林に覆《おお》われていて、四季の草花が美しかった。

青山と千駄ケ谷の境を、古い川が流れている。四谷の大木戸から玉川上水の余流を受け入れている川で千駄ケ谷、青山、渋谷、麻布、金杉橋《かなすぎばし》と流れて海へ落ちる。

元禄以降の正式な名称は新堀川《しんぼりがわ》だが、古川《ふる》と呼ぶ者が多く、流域によっては渋谷川、赤羽川《あかばね》、金杉川とまちまちだった。青山の北の端に、『六道《ろくどう》ノ辻《つじ》』というところがある。

六道だから、地蔵菩薩が祀られている道の辻だった。ところが、四谷、千駄ケ谷、鮫《さめ》ケ橋、権田原《ごんだわら》、御炉路町《おろじちょう》、甲賀《こうが》町へ通じる六差路であることからも、六道の辻と呼ばれている。

その六道の辻から、西へ向かう。古川を渡って千駄ケ谷にはいると、仙寿院《せんじゆいん》にぶつかる。北の方角に、千駄ケ谷町の一部も見えるが、貧弱で鄙《ひな》びた町屋である。

仙寿院と瑞円寺《ずいえんじ》のあいだが、広大な林になっていた。植木に用いる各種の樹木が、植えられた林なのだ。『植甚《うえじん》』という大きくて古い植木屋として、江戸では名が通っている甚兵衛《じんべえ》の園芸用地であった。

特に甚兵衛の松というのが有名で、大名旗本をはじめ商家の寮など、屋敷を持つ者はこぞって甚兵衛の松を庭に植えさせた。甚兵衛のみごとな松がなければ、庭園とはいえないとばかりに一時は大流行したのである。

だが、そうした甚兵衛も、いまは故人になっている。

植甚の跡は、ひとり息子の梅太郎《うめたろう》が継いだ。梅太郎は、父親から譲り受けた六人の植木職人を、そのまま使っていた。植木職人は六人とも千駄ケ谷町に住んでいて毎日、植甚へ通ってくるのであった。

仕事のほうも、順調だった。災害や悲運に脅《おびや》かされない限り、梅太郎には何ひとつ不満がないうえに、張りのある暮らしといえた。

雨が降らなければ、仕事がないという日はなかった。大抵、三人ずつ二組に分かれて、そのいずれかに梅太郎も加わり江戸市中の出入り先へ向かう。

庭木を植えてくれという注文があれば、大八車《だいはちぐるま》に樹木を積んで運んで行く。千駄ケ谷へ戻ってくるのは、日暮れどきと決まっていた。実に、よく働く。骨休めをするのは、雨の降る日だけであった。

どんなに疲れていようと、梅太郎の気持ちを慰めてくれるものが二つある。ひとつは、千駄ケ谷の景色だった。何とも味わいのある田舎風景で、早朝と夕方の眺めはまた格別だった。

かつて、この一帯は広大な茅《かや》の野原であったという。

その一面の茅を刈ると、一日に千駄も収穫がある。千駄の茅すなわち千駄茅の地名はそこから発し、千駄茅村という村名にもなった。それがいつしか千駄ケ谷と、書くようになったとされている。

そのような古き趣《おもむき》が、いまも感じられる。梅太郎は、果てしなく続く一面の茅の野原を想像する。そうすると梅太郎は、母なる大地への思いに気分が落ち着くのだ。

もうひとつ、梅太郎の心に安らぎを与えてくれるのは、女房のおたけの笑顔であった。おたけの起居《たちい》振る舞いはいかにも女らしく、笑ったときの目つきが何ともいえずにやさしい。

「ご苦労さんでした」

と、おたけは梅太郎から空《から》の弁当箱を受け取りながら、恥じ入るような目もとと甘える口もとに笑いを漂わせる。

「変わったことは、何もなかったかい」

梅太郎は思わず、コリヤナギで編んだ飯行李《めしごうり》と一緒に、おたけの手を握りしめることになる。

「あと十日もすれば八幡さまのお祭り、忘れないでくださいな」

おたけはポッと頬を染めて、握られた手を引っ込めようとする。

八幡さまとは、千駄ケ谷八幡宮のことである。貞観《じょうがん》二年に慈覚《じかく》大師が創設した八幡宮で、この土地の産土神《うぶすながみ》だった。瑞円寺が別当であり、例年九月二十七日が祭礼となっている。

「八幡さまの祭礼は、変わったことのうちにはいらねえだろう」

梅太郎は、苦笑する。

「おや、お前さん。去年は八幡さまの祭りを、忘れたじゃないですかね」

流し目を梅太郎にくれて、おたけは背を向けた。

「去年のことなんて、どうでもいいじゃあねえかい」

ふっくらと盛り上がったおたけの尻へ手を伸ばして、梅太郎は撫で回しながら微妙に指を動かした。

あれっと大袈裟《おおげさ》に騒ぎ立てるのが、またおたけの可愛いところでもあった。

梅太郎の母親のおむらは、いまだに健在である。亭主の甚兵衛が死んで三年になるが、おむらには年をとっての衰えなどまるで認められなかった。

おむらは苦労知らずで、のんびりと生きてこられた。植木職人の女房といっても、生活に困るような経験をしていない。だいたい亭主の甚兵衛が、裕福な家の生まれだったのだ。

江戸で聞こえた植木職で、植木となる樹木の栽培と売買でもかなりの利益を得ていた。更に千駄ケ谷では、地主としても知られていた。本来ならば、土地の有力者となっていてもおかしくはない。

しかし、甚兵衛は根っからの職人気質《かたぎ》、受け継いだ家業の植木職が好きで好きでたまらない。そのうえ甚兵衛には、江戸中の人気を集めるほどのみごとな職人芸があった。

汗水流して黙々と、植木を相手に働くことしか能がないと、甚兵衛みずから割り切っていた。それで、地主の寄合などにも、いっさい顔を出さなかった。おむらが甚兵衛の代わりに寄合へ行き、話だけを聞いてくるようにしていた。

おかげで、生活が苦しいということはなかった。奉公人を雇うような身分ではないにしろ、節約第一のその日暮らしには無縁だった。甚兵衛の死後も、梅太郎が父親そっくりの生き方をするので、おむらは相変わらず恵まれた日々を過ごせた。

梅太郎二十九歳。

女房おたけ二十一歳。

母親おむら五十歳。

家族はこれだけなので、住む家にしても広すぎた。造りは農家と同じだが、古かろうとなかなか立派な家だった。土間も板の間も広々としている。三つの部屋の襖《ふすま》や障子《しょうじ》を取り払うと、大勢の客を集めての宴会もできる大広間となる。

去年の春、梅太郎とおたけの祝言《しゅうげん》もそこで挙げて、ずいぶん多くの客を迎えたものである。母屋《おもや》と屋根を接して、別棟があった。母屋の土間の出入り口を開くと、すぐ目の前が別棟の板戸になっている。

以前は納屋《なや》だったが、甚兵衛が何を思ったか急にここを離《はな》れ庵《いお》にすると言い出して、それらしく改造したのだ。小さな土間と板の間があり、その奥に一間だけの座敷がある。

去年の春から、おむらがその離れ庵を使っていた。新婚の若夫婦に気を利かせて、昼間は母屋にいるおむらだが、夜になると別棟へ移って寝ることにしていた。

五ツ半、夜の九時になると若夫婦も床にはいる。梅太郎は腹這《はらば》いになって、一杯だけの茶碗酒を飲む。梅太郎は、大酒を喰らえる体質ではない。寝酒には、茶碗一杯が丁度よかった。

深々と夜は更けて、平和な静寂は風の音にも破られない。無事に一日が、終わるようである。今夜もそのはずだと、人は思い込む。

おたけが行燈《あんどん》の燈心を減らして、明かりを暗くする。更に行燈の角に半纏《はんてん》を引っ掛けて、枕元へ射す明かりをさえぎる。そうしてから、おたけは夜具のうえに身を横たえる。

「まだまだ、身籠《みごも》らねえもんかな」

梅太郎は寝酒の茶碗を、遠くへ押しやった。

「それが……」

恥ずかしそうに、おたけは笑った。

「夫婦になって、一年半をすぎているんだ。近ごろは、仲がよすぎて子ができねえんだろうって、冷やかす連中が多くていけねえや」

梅太郎はおたけの身体を、自分の夜具の中へと引き寄せる。

「だけど、こればっかりは……」

おたけは浮かせた頭に、箱枕をあてがった。

「思いどおりにはならねえか。だがな夫婦の仲がよすぎて睦《むつ》み合ってばかりいると、男の精に勢いがなくなって子ができにくくなるんだそうだ。どうだい半月ばかり、触れ合わずにいてみるかい」

梅太郎は、おたけの寝間着の前を広げる。

「そんな……」

おたけのはだけた衿元《えりもと》から、雪のように白いふくらみがこぼれ出る。

「それとも、せっせと子作りに励んだほうがいいかい」

梅太郎は、おたけの乳首を吸った。

「いまだって、わたしは身籠っているかもしれないんだから……」

陶然《とうぜん》となって、おたけは目を閉じた。

「おやじは、松で知られた男。おれの名が梅太郎で、女房のおめえがおたけ。これで松竹梅がそろったんだから、この先おめでた続きに違いないと、みんなに言われたんだものな」

梅太郎は膝で、おたけの太腿《ふともも》を割った。

「お前さん……」

おたけは息を乱し、かすれた声を出した。

これもまたいつものこととして、梅太郎とおたけはわれを忘れて睦み合う。やがて、おたけが懸命に殺しながらも、極みに達したときの女悦《にょえつ》の声を放つ。

梅太郎も果てたあとは昼間の疲れと寝酒が手伝って、前後不覚の眠りへと引き込まれる。梅太郎とおたけは抱き合ったまま、無の世界へ熟睡の旅を続けた。

これで何事もなく朝を迎えれば、常に変わらぬ日常の繰り返しとなる。だが、人生なるもの、そうとばかりは限らない。文化十三年九月十七日の四ツ半、夜十一時に夫婦にとっての大異変が生じたのであった。

「梅太郎！　おたけ！　助けておくれ！」

そんな声を聞いたような気がして、梅太郎とおたけは目を覚ました。

「うわっ、梅太郎！　早く、助けて！」

再び、おむらの叫び声が聞こえた。

おたけが梅太郎よりも先に、飛び起きた。

「わたしが、様子を……！」

おたけは夢中で、部屋を飛び出した。

板の間を横切り、土間へ駆け降りる。この千駄ケ谷のあたりに住む人々は、不用心という言葉は知らなかった。これまでに物騒なことは、何ひとつ起きたことがない。

平和そのもので、悪人が横行することなどあり得なかった。盗んだ、盗まれたといった話を、聞いたためしがない。つまり、犯罪が発生しない土地柄なのだ。それで、戸締まりも無用とされている。どの家にも、錠というものがない。商家でなければ、心張棒《しんばりぼう》さえ支《か》わなかった。夜もどこだろうと、あけっぱなしで寝る。

土間の出入り口の腰高油障子《こしだか》も、別棟の離れ庵の板戸も、手をかければ開くことになっている。おたけは、臭気と煙に気づいた。火事だと、直感した。離れ庵の板戸を開くと、ゴーッという音とともに炎が吹き出した。熱さを避けながら、おたけは建物の中を覗いた。奥の座敷も手前の板の間も、床一面が火の海になっている。これから壁や天井に火が燃え移り、建物全体が炎上することになるだろう。

こういう燃え方は、油甕《あぶらがめ》を倒したものと誰にもわかる。おむらは、雪隠《せっちん》に起きた。行燈にはまだ、燈心を一本だけにした火が残っている。おむらは何かの拍子に、その行燈を引っかけて倒したのだ。

燈油が飛び散って、火が燃え移る。そこで人間は、油甕というものを危険視する。壁際に予備の燈油を入れた甕が置いてあり、これに火が移ったら一大事だと恐怖に駆られてあわてる。

よせばいいのに、おむらも油甕を持って外へ逃げようとする。ところが、おむらはそこで転倒した。油甕の中身が、残らずこぼれ出る。床に燈油を撒《ま》いたようなもので、一斉に着火して燃え広がる。

おたけは火の中で、踊り狂っている炎を見た。その炎は脱出しようとせずに、あちこちを転げ回っている。外へ飛び出すより、火を消すことを優先させているのだろう。炎に包まれているのは、おむらであった。

すでに壁が、煙に覆われている。炎は天井にも達しているし、建物の中が真っ赤に燃え盛っていた。間もなく天井が崩れて、離れ庵は焼け落ちる。

だが、まだ助けることが、不可能とはいえなかった。大ヤケドを負って死ぬかもしれないが、おむらを救出することはできる。おたけにさえ、わが身を投げ出す覚悟があればの話だが——。

「おっかさん！」

おたけは、大声で叫んだ。

しかし、そのとき奇妙な現象に、おたけは支配された。突如としておたけの魔性が、目を覚ましたというべきだろうか。おたけの頭の中に『おむらは、死ぬのが当たり前。見殺しにしてやる』という声が響いたのである。

梅太郎とおたけは、従兄妹《いとこ》同士であった。おむらの妹のおときが、おたけの実の母親なのだ。おたけの一家は六年前まで、護国寺《ごこくじ》門前の音羽《おとわ》五丁目から南西にはいった関口台町に住んでいた。

父親の助八《すけはち》は、刷毛師《はけし》と呼ばれる職人だった。一家三人の暮らしは、貧しかったが平和に過ごせた。口数の少ない助八は一年中、朝から晩まで刷毛を作っていた。

おときは怒ったことがなく、やはり無口でおとなしい母親であった。家には争いも揉め事もなく、空気が春の雲のようにふんわりとしていた。おたけはいつも、しあわせだと思っていた。

だが、六年前の冬の夜、おときは死んだ。雑司《ぞうし》ケ谷《や》の鬼子母神《きしぼじん》の近くで、おときは木の枝にぶら下がり自害したのである。二カ月後には助八が心痛の余り、やせ衰えた身体で風邪を引き急死した。

十五歳のおたけが、ひとりだけ取り残された。そうなったおたけを、おむらが引き取った。おたけは甚兵衛とおむらの娘同様に養われ、家族の一員として四年半を過ごした。そのうちに、おたけは梅太郎と好き合うようになった。

甚兵衛も遺言《ゆいごん》として、梅太郎とおたけに一緒になるようにと言い残した。それで去年の三月に、梅太郎とおたけは祝言を挙げた。夫婦になってから、おたけはますます梅太郎が好きになった。

おむらも、よくしてくれた。実の娘のように、おたけを可愛がった。近ごろのおむらは、おたけが嫁というよりも娘に思えてくると、ちょいちょい口にした。

おたけにしても、おむらには情を感じている。

いまの生活に対して、おたけは何の不満もない。恵まれすぎているほど、充足した日々といえるだろう。だから、おたけはおむらを殺してやろうなどと、思ったこともなかった。

しかし、いまは事情が違う。間もなく、おむらは死のうとしている。おむらを、殺すわけではない。ちょっとのあいだ目をつぶるだけで、おむらは焼死するのだ。

目をつぶろう。

おむらを、哀《あわ》れと思うな。同情する必要もない。これは災難ではなく、神仏の思《おぼ》し召《め》しに違いない。いまになって、おむらには天罰が下った。

「恩を仇《あだ》で、返すことにはならない。六年前の恨《うら》みを、晴らすだけのことだ。これは、親の敵《かたき》を討つのと変わらない。両親の敵討ちとして、おむらを見殺しにする」

このように、おたけの頭の中の声は続く。

六年前の遺恨《いこん》と憎悪が、いまおたけの心に怒りとなって蘇《よみがえ》った。これまではおむらに殺意を抱いたこともないおたけだけに、この瞬間的な非情さは魔性の怨念《おんねん》というほかはないだろう。

おたけは目をつぶって、三つまで数えた。

波のような音を響かせて、火が屋根を抜けた。その音におたけは目を開いたが、もう何も見えなかった。巨大な舌のような炎、煙、火の粉が外へと流れ出てくる。

熱さに追われて、おたけは後退する。気がつくと梅太郎が、母屋の出入り口の周辺に桶《おけ》の水をかけている。もはや離れの火は、手に負えなかった。桶の水では、母屋への延焼を防ぐのがせいぜいだった。

だが、火は簡単に母屋へ燃え移り、夜空を焦《こ》がすように大きな炎となった。梅太郎とおたけは、必死になって水を運んだ。その人間の微力なることを嘲笑《ちょうしょう》するように、炎は猛火となって母屋全体を押し包んでいく。

ずいぶん時間がたってから、半鐘《はんしょう》が鳴り出した。不幸中の幸いは、近くに人家がないことだった。広大な林のほんの片隅を敷地として、植甚の家は建っている。

いくら派手に火の粉が舞い散っても、ほかの家に飛び火することはなかった。水と泥にまみれて、夫婦は地面にすわり込んだ。梅太郎もおたけも髷《まげ》が崩れて、バケモノのような顔になっていた。

「おっかさんは、どこにいるんだ」

われに返ったように、梅太郎がハッとなって腰を浮かせた。

「それが、間に合わなくてね」

首を振りながら、おたけは焼け落ちた離れの残骸を指さした。母屋は炎上の真っ最中だが、離れの残骸は下火になっていた。

「何だって……」

梅太郎は、驚愕《きょうがく》して立ち上がった。

「わたしが板戸を開いたときには、もう炎に包まれていて……。身体に浴びた油に火が燃え移ったらしくて、おっかさんは炎の塊になんなすってた。助けたくても、飛び込めばわたしだって焼け死ぬ。どうすることも、できなかったんですよ」

おたけは、涙声になっていた。

「おっかさんが、焼け死んだ！」

梅太郎は歩きかけたが、足元が定まらなかった。

そんなときにようやく、千駄ケ谷町の人々が駆けつけてきた。だが、すでに消火に努めるほどの火勢ではなく、放置しておいても鎮火する焼け跡になっていた。町火消の出動もなく、明け方には自然に火が消えた。

放火ではないので、火付盗賊改《ひつけとうぞくあらため》の担当とならない。千駄ケ谷のこの一帯は正徳《しょうとく》三年から町方支配になっているので、やはり乗り出してくるのは町奉行所であった。

焼け跡から、焼死体が見つかっている。変死事件となれば、いちおう定廻《じょうまち》りが受け持つことになる。翌日、北町奉行所の定廻り同心が、梅太郎とおたけから詳しい事情を聞いた。

おたけは失火に問われるものと、軽く考えていた。しかし、おたけには予期できなかった悲劇が、待ち受けていたのであった。

失火の罪は、それほど重くない。将軍家が外出した日に火事騒ぎを引き起こすと、五十日間の手鎖《てぐさり》という罰を受けることになる。手鎖は、手錠と変わらない。手錠をはめられて、封印を施《ほどこ》される。

五十日間の手鎖だと、五日ごとに封印改めがある。封印を破ったり、手錠をはずして逃げたりしない限り、五十日間で罪は消えるのであった。

普段の日の失火の罪は、押込《おしこめ》となっている。押込は家の門戸を閉じて、幽閉されるという刑罰である。日数は二十日から、百日までと決まっていた。

梅太郎の家の火事は、平日のそれも夜中であった。場所も町中ではないし、焼けたのは自分の家だけだった。それに火を出したおむらは、焼死してしまっている。

梅太郎が戸主として罰せられるにしても、罪はかなり軽減される。押込の刑となっても、閉じ込められる家がない。おそらく過料（罰金）ということになるだろうと、おたけは読んでいたのであった。

ところが、詳しい事情を聞いてからの辺見勇助《へんみゆうすけ》という定廻り同心は、にわかに峻烈《しゅんれつ》な取り調べの口調となったのである。辺見勇助はあり合わせた樽に腰を据《す》え、焼け跡の地面に梅太郎とおたけをすわらせた。

「おめえは母親を、捜そうともしなかったんだな」

辺見勇助は、梅太郎の鼻先に十手を突きつけた。

「はい。案ずるまでもなく、とっくに火事場から逃げ出しているだろうと、決めてかかっておりましたもんで……」

梅太郎は、涙をふいた。

「そんな言い訳は、通らねえぜ。親を思う心があるんだったら、真っ先に火事場を捜し回るはずだ。何よりもまず親の身を案じなくちゃあならねえのに、おめえは水を運んで火を消そうと努めた。おっかさんはどこにいると、おめえが女房に尋ねたのはここが燃え落ちてからだったそうじゃあねえかい」

「は、はい」

「どうして火の中へ飛び込んで、母親を救い出そうとしなかった。たとえ間に合わねえにしろ、火の中へ飛び込むぐれえのことはしなくちゃあならねえ。その務めを怠《おこた》って、おめえは母親を見殺しにしやがった」

「いいえ、そんなつもりはございませんでした」

「わが身可愛さに火を恐れ、母親を見殺しにするとは不届きだ。親の焼死を助けず、見捨てた者は死罪ってえのが、天下のご定法だぜ」

辺見勇助は十手で、梅太郎の肩を叩いた。

「そうとは承知しておりますが、わたしの場合はとんだ勘違いということでして……」

梅太郎は、顔色を失った。

梅太郎以上に、愕然《がくぜん》となったのはおたけである。この世でいちばん好きな人という意味で、命より大事な梅太郎が死罪になる――。

倫理観に基づいてこの時代は、主人、親、師というのが絶対的な存在であった。

したがって法律も、主《あるじ》殺し親殺しの逆罪には最高刑を規定している。

主殺しは、鋸挽《のこぎりびき》のうえ磔《はりつけ》。親殺しは、引き廻しのうえ磔。師殺しも、磔だった。

傷害だけでも主人であれば引き廻しのうえ磔、親であれば磔、師であれば死罪となる。

主人、親、師に切りかかり打ちかかっても死罪なので、現代であればずいぶん大勢の少年少女が死刑になるだろう。更に厳しいのが、親の焼死を助けず見捨てた者は死罪、という法律である。

火事が多くて簡単に焼死者が出てしまう時代だから、親の焼死を救えなかったという例も少なくない。親の焼死を助けなかった罪に関して、苦心の裁判の記録も残っている。親を火の中より助け出すのが不可能であったかどうかを、判定することが難しいからだろう。

だが、梅太郎の場合は、判定が容易だった。

第一に梅太郎はただの一度も、出火場所の離れの中を覗いていない。

第二に当然おむらは逃げたものと決め込んでいたというが、あたりに母親の姿がないことを少しも怪しんでいない。

第三に火事場の周辺すら、梅太郎は捜し回っていない。

第四に梅太郎が女房に母親はどこだと初めて訊いたのは、離れが全焼してからのことであった。

第五に助けを求める母親の声で目を覚ましながら、梅太郎はすぐさま離れへ駆けつけなかった。

この五点によって、梅太郎の親を助けなかった罪状は明白であった。梅太郎は母親の存在を軽んじていて、おむらの身を案ずるという誠意に欠けていた。

離れが炎上しているのを見たとたんに、これでは助からないと母親救出を早々に断念した。それで梅太郎は火の中へ飛び込むどころか、離れに背を向けて母屋の消火に専念した。

よって梅太郎には親の焼死を助ける意思が認められず、わが身の安全を優先しておむらを見殺しにしたものと思われる。母親はどこかへ逃げたと勘違いしたという梅太郎の申し開きは、単なる言い逃れと見なす。

千駄ケ谷八幡宮の祭礼の日となる九月二十七日に、梅太郎は入牢証文《じゆろう》が出て大番屋から伝馬町《てんまちよう》の牢屋敷へ移された。同じころ、おたけは吐き気がとまらなくなり、妊娠していることに気がついた。

植甚の植木職人のひとりで、千駄ケ谷町に住んでいる平七《へいしち》という者の家に、おたけは身を寄せていた。平七も女房もよくしてくれるが、おたけにとっては地獄のような毎日だった。

おたけが梅太郎を、死罪に追い込むのである。

九月二十九日の午後、おたけはじっとしていられなくなって平七の家を出た。千駄ケ谷町からかなりの距離となるが、おたけの足は自然に八丁堀へと向かっていた。

切羽《せっぱ》詰《つ》まったおたけの胸に、世間で噂の『お助け同心』のことが浮かんだのだ。いまやお助け同心の情けにすがるほかはないと、おたけは必死の思いで決断を下したのであった。

世間の噂によると、『お助け同心』の姓名は尾形左門次《おがたさもんじ》。北町奉行所の同心で、お役目は高積《たかづみ》見廻りだという。

尾形左門次がおたけの願いを、聞き入れてくれるかどうかはわからない。しかし、女の一念というものは、揺るがなかった。

八丁堀について人に尋ねれば、同心の組屋敷のうちの一軒はすぐにわかる。おたけは、尾形左門次の住まいの門前にたたずんだ。間もなく、夕暮れとなる。

背の高い八丁堀の旦那が、お供も連れずに現われた。年は三十七か八、なかなかの好男子で小銀杏《こいちょう》という粋《いき》な髷がよく似合う。着流しに三つ紋付の黒羽織、大小の刀を差して、裏白の紺足袋《こんたび》に雪駄《せった》ばきという姿である。

「何か用かい」

左門次は、立ちどまった。

「お助け同心の尾形さまに、お願いがございます」

おたけは、深々と頭を下げた。

「お助け同心だなんて、大きな声では言っちゃあならねえことだぜ」

左門次は、苦笑した。

「後生《ごしょう》ですから、お助けくださいまし」

おたけは半泣きになって、声もますます大きくなる。

「おめえ、どこからやって来たんだい」

ここで取り乱した女の相手をしていたら、八丁堀中の評判になると左門次は狼狽《ろうばい》した。

「千駄ケ谷から、参りました」

おたけは半ば、血相を変えていた。

「千駄ケ谷じゃあ、帰りが女の独り歩きは物騒な夜道になるだろう。駕籠屋《かごや》があるところまで、送ってやろうじゃあねえかい。おめえの話は、歩きながら聞くとしよう」

左門次はおたけを促《うなが》すと、いま来た道を逆戻りすることにした。

結局、左門次は北島町と坂本町を抜けて海賊橋《かいぞくばし》を渡り、江戸橋の手前にある駕籠屋までおたけを送ることになった。途中おたけから、話は残らず聞いた。

「お助け同心にも、こいつは難題だぜ」

尾形左門次は、本音を口にした。

おむらを焼死させた火事に関して、尾形左門次は辺見勇助から詳しい話を聞かせてもらった。

それによるとまず、火は一瞬のうちに寝間と板の間に、燃え広がっているということであった。これは、流れる油を火が迫っていることを、証明していた。

焼け跡にあった燈油の甕は、二つに割れていた。土間を掘ったところ、あちこちに燈油がしみ込んでいた。燈油が火を誘いながら、土間まで流れたことを物語っている。

母屋とは別個に、離れにも燈油を備蓄《びちく》する甕が置いてあったのだ。甕の大きさは一升徳利の二本分ぐらいというから、かなりの量の燈油がはいっていたのだろう。

その甕は常に、板の間の片隅にあったという。それが土間まで転がって、二つに割れていたのであった。どうして燈油の甕が移動したのかと、左門次は気になった。

おむらは、小さな置き行燈を使っていた。寝るときには、それを枕元に置く。もちろん行燈は灰になってしまっているが、油皿が残っていなければならない。だが、その油皿も、板の間の焼け跡で見つかった。行燈は寝間ではなく、板の間で倒れたということになる。そこで、おむらの行動については、次のような推理が成り立つ。

おむらは尿意をもよおして、夜中に目を覚ました。雪隠と呼ばれる便所は、屋外に設けられている。その雪隠へ行き用をたして、おむらは離れへ戻ってくる。

ところがおむらは板の間で何かの拍子に、燈油の甕に蹴つまずいた。甕は転げ回りながら、寝間と板の間に油を撒き散らした。おむらは驚いて少しでも油を遠ざけようと、甕を土間へ投げた。

おむらは更に、どれほどの油が板の間に広がっているかを見定めようと、寝間にある置き行燈を持ち出した。慎重に振る舞えば何事もなかっただろうが、何しろおむらはあわてふためいている。

不用意に板の間へ出ていったので、おむらは油に足を取られた。置き行燈を手にしたまま、おむらは転倒する。一瞬のうちに板の間と寝間に流れている油へ、火が燃え移って広がる。

その中心にいて、おむらもあっという間に火に包まれた。おむらは大声で梅太郎とおたけを呼んだが、自分が炎そのものになっていることで動きがとれなかった。

こういうことであれば、すべての点で納得がいく。

ほかに、死骸に傷らしきものは認められず、口、鼻、耳の中に多くの灰がはいっていたということもあり、おたけの証言を加えればおむらは焼死に間違いないそうである。

また、板の間の床下に石で囲った空間が作られ、そこに納められていた壺が焼けずに見つかった。壺の中身はおむらの貯え五十五両であったが、それも手つかずだったという。

翌日、尾形左門次はお役目として、市谷御門《いちがやごもん》前から巡回を始めた。御堀に沿って片側に、市谷田町の一丁目から三丁目、そして船河原町《ふなかわらちょう》と続く。牛込御門《うしごめ》まで進んだが、異常も違反も見当たらない。背中に木刀を差した中間《ちゅうげん》、御用箱を担いだ小者《こもの》という二人のお供も、のんびりとした足どりで左門次に従っている。

牛込御門前で左へ折れて、神楽坂《かぐらざか》をのぼる。肴町《さかなまち》をすぎると、寺院が密集している通寺町《とおりてら》だった。北への道にはいると、赤城明神《あかぎ》にぶつかる。

赤城明神の西側を抜けて牛込水道町、改代町《かいだい》、小日向《こびなた》の東古川町、西古川町、松枝町《まつがえ》、関口水道町と歩いて江戸川の水を見る。江戸川橋と神田上水に架かった橋を渡れば小石川の桜木町、その先は音羽九丁目であった。

ここで左門次は、お役目を離れることにした。六年前までおたけが両親と一緒に住んでいたという関口台町が、すぐ近くにあることに気づいたからだった。

音羽九丁目の手前を左へ折れると、目白坂の登り口である。目白不動の前をすぎて、目白坂をのぼりつめれば関口台町であった。付近に町屋は少なく、大名の下屋敷と旗本屋敷に囲まれている。

目白坂をはじめ音羽五丁目へ下る鉄砲坂、神田上水端《ばた》の椿山《つばきやま》八幡宮へ下る胸突《むねつき》坂、雑司ケ谷へ通じる坂道と、いずれもこの関口台町のあたりから発していた。

　左門次は関口台町の自身番に立ち寄り、おたけがなぜ孤児になったのかを尋ねてみた。定番のひとりにその辺の事情に詳しいのがいて、進んで左門次の質問に答えることとなった。

「おたけさんの母親のおときさんは、雑司ケ谷の鬼子母神のすぐ南で首をくくったのでございますよ。大きな栗の木の枝にぶら下がって、着物の裾《すそ》ごと両足首を六尺手拭《てぬぐ》いで縛《しば》ったおときさんの死骸が、木枯《こが》らしの中で揺れていたのを、わたしはいまも忘れてはおりません。寒々として寂しげなその姿が、何とも哀れでございました。おときさんが首をくくったのは、実の姉さんから盗人《ぬすっと》呼ばわりされたのを、苦にしてのことでございました」

　自身番の定番は、そのように説明した。

　おときの実の姉とはもちろん、千駄ケ谷の植甚のおかみさんだったおむらである。姉のおむらは裕福な家に嫁《とつ》いで、大きな顔のひとつもできるという暮らしぶりだった。

　妹のおときは、助八という刷毛師と惚れ合って一緒になったことから、貧乏神とも付き合うように運命づけられた。しかし、おむらとおときが実の姉妹であることに、変わりはなかったのだ。

おむらも月に一度は、関口台の妹の住まいへ足を運んで来た。帰るときには必ず何かの足しにしておくれと、おむらは妹の手に一分金を握らせたという。

ところが、そうしたある日のこと——。おむらは帰りがけに、いつものように妹に一分金を渡そうと懐中を探ったが、手に財布が触れなかった。

その辺を探してみても、財布は見つからない。財布の中身は、三両ほどであった。おむらは、カーッとなった。おむらは、妹が財布をどこかに隠したものと疑った。

財布を落としたとか、掏《す》られたとか、そういう考え方はしなかった。自分の落ち度ではないという前提を、最初に持って来てしまうからである。おむらの性格には、そうした独善的な一面があったのだ。

そうなったときのおむらは、一歩も退《ひ》かないという気の強さを発揮する。おとなきが財布を隠したと頭から決めてかかり、その裏切り行為が許せないとおむらは激怒する。

「お前は長年の恩を、仇で返そうっていうんだね！　それとも一分金じゃ不足だって図に乗って、財布ごとかすめようって魂胆《こんたん》かい！　いい加減におし、お前はわたしの財布を盗んだんだよ。妹が盗人とは、驚くよりも情けないじゃないか。こうなったら今日限り、姉妹の縁を切るしかないね！」

おむらは逆上して、そう怒鳴《どな》り散らした。

おときの反論にも、おむらは耳を貸さない。泣きながら身に覚えのないことだと訴えるおときを、おむらはさんざんに罵倒《ばとう》したあげく家を出ていった。

年も離れている姉にすっかり甘えていただけに、おときにはこのうえないショックであった。おとなしくて内向的な性格の妹には、姉から盗人呼ばわりされたことが耐えられなかったらしい。

翌日の明け方に家を抜け出し、雑司ケ谷の鬼子母神の付近で、おときは首をくくったのである。そのことが原因で心身ともに枯れ木のようになった亭主の助八も、間もなく病死しておときのあとを追った。

おむらもさすがに、気が咎《とが》めたのだろう。それにもともと可愛がっていた姪《めい》のことでもあり、おむらはさっさとあとに残されたおたけを引き取ったのであった。

「そういうことかい。だったら両親《ふたおや》を殺したも同然の伯母《おば》に、おたけが敵討ちを仕掛けたとしても、不思議はねえってわけだ」

左門次は右手で、左肩を揉むようにした。

十月の訪れとなった。初冬である。初霜《はつしも》が降って、いよいよ冬かと人々は背をまるめる。だが、北風の季節もまだ先のことなので、寒さに震えたりはしなかった。

十月は、南町奉行所が月番であった。北町奉行所は、非番の月となる。ただし非番であろうと、休みということにはならない。ただ新たに発生した事件には、直接関与しないというだけのことだった。

定廻り同心となると、月番と非番の区別もない。南町と北町の別なく定廻り同心は、年中無休で巡回を続けることになっている。そうした定廻り以外の同心も、非番だろうと奉行所へは出勤する。

前月に受け付けた事件、訴訟《そしょう》、申請などの処理を引き続き扱わなければならない。内情調査と、書類上の仕事が多くなる。ただ実務がなくなることで、非番のほうがいくらかは楽であった。

十月二日になって、左門次は千駄ケ谷へ足を向けた。公務ではなし急ぐこともないので、左門次はぶらぶら歩いて行く。当然お供も連れていないから、存分に解放感を味わうことができる。

これも、非番ならではのことだった。江戸郊外の千駄ケ谷は空気が冷たくても、胸のうちまで澄み渡るように爽やかである。絵に描いたような昼下がりの田園風景が、左門次の頭の中を洗い清めてくれる。

だが、そうした爽快な気分をぶち壊すような連中の姿が、左門次の目に触れた。場所は、仙寿院の西の路上であった。人気《ひとけ》のないのをいいことに、荒っぽい連中が男ひとりを土下座させていた。

五人ばかりの荒くれ者は、ひと目で遊び人と知れる。手にした木刀や竹杖などで、取り囲んだ男を小突《こづ》いている。土下座した男は植木職人のようで、半纏《はんてん》の背中に『甚』の字があった。

「天下の往来で、理不尽な真似はいけねえぜ」

左門次は、声をかけた。

一斉に振り返って、遊び人たちはハッとなる。しかし、岡っ引も連れていないことから定廻り同心ではないとすぐに察しがついたようである。

連中は定廻り同心でない限り、八丁堀の旦那を特に恐れない。何も悪いことをしているわけではないという自信が、薄ら笑いとなって遊び人たちの顔に表われていた。

「廻り方じゃあねえにしろ、こうして町方同心の姿をしているとなりゃあその手前、非道を見逃すわけにはいくめえぜ」

　立ちどまって、左門次もニヤリとした。

「わかっておりまさあ、旦那。ですが旦那、あっしどもは何の非道も働いちゃあおりやせん。あっしどもはただこの野郎に、貸した金を返せと催促しておりやすだけなんで……」

　兄貴分らしい大男が、決して笑うことのない目を薄気味悪く細めていた。

「借金取りかい」

「へい」

「おめえが、貸したのか」

「とんでもねえ。あっしなんぞは三十両も貸せるほど、結構な身分じゃあございません。あっしどもは借金の取り立てだけを、引き受けておりやすんで……」

「三十両も堅気《かたぎ》の職人が借りたとなると、差し詰め賭場《とば》での借金ってところだな」

「堅気にしちゃあ、ふてえ野郎でしてね。賭場の借金が三十両と積もって以来、この野郎はかれこれ百日も逃げ回っておりやしてね。今後こそは是が非でも三十両を取り立ててもらいてえと、あっしどもはさるお屋敷の中間部屋のご一同さんから頼まれましたんでさあ」

「わかった。だがな、今日のところは手を引いてもらうぜ」

左門次は言った。

「そいつは、ねえでしょう。八丁堀の旦那だろうと、借金取りを追い払う指図《さしず》なんぞ許されるはずがねえ」

大男が、険《けわ》しい顔つきになった。

「いいから、立ち去れ」

左門次は、大男を押しやった。

遊び人たちは反射的に、木刀や竹杖を構えた。町奉行所の同心だろうと場合によっては、痛めつけてやってもいいという凶暴性が感じられた。

やむなく左門次は、目にもとまらぬ速さで抜刀《ばっとう》した。直心影流《じきしんかげりゅう》の達人の腕前は一瞬のうちに、五人の男たちが手にしている武器を弾《はじ》き飛ばしていた。遊び人たちは、驚愕して逃げ散った。

「植甚の職人らしいが、おめえの名は……」

鍔《つば》をチャリンと鳴らして、左門次は大刀を鞘《さや》に納めた。

「平七と申す者にございます」

職人は恐れ入って、地面に顔を押しつけた。

「おたけは平七って職人のところに身を寄せていると聞いたが、おめえがその平七かい」

顔色がまだ青い三十男を、左門次は見おろした。

「はい」

半泣きでいた平七がようやく、救われたというように息を深く吸い込んだ。

「そいつは、好都合だ。おたけに用があって来た千駄ケ谷町、さっそくおめえの住まいへ案内してもれえてえ」

左門次は、歩き出した。

あわてて立ち上がった平七は、小腰を屈《かが》めて先に立つ。西への道をたどると、間もなく正面に千駄ケ谷八幡宮の社前の鳩《はと》の森が見えてくる。その手前の左側が瑞円寺で、門前町屋と千駄ケ谷町の人家が目についた。

「おめえには、賭場の借金が三十両も……」

左門次の右手が、忙《せわ》しく左肩を揉んだ。

「何とも、面目《めんぼく》ないことでございます」

平七の後ろ姿が、いっそう小さくなっていた。

善兵衛店《ぜんべえだな》と呼ばれる棟割《むねわり》長屋に、平七の住まいはあった。しかし、左門次がそこについても、家の中にはいり込むことは遠慮しなければならなかった。

家の中が狭いから、という理由だけではない。町奉行所の同心というものは普通、個人の家を訪問しないことになっているのだ。何しろ、八丁堀の旦那はよく目立つ。

その八丁堀の旦那が上がり込んで長居しようものなら、近所中の人たちが集まって来て聞き耳を立てたり覗いたりである。結果的に、訪問先に迷惑をかけることになる。

左門次は、おたけを外へ呼び出した。歩きながら、話したほうがいい。千駄ケ谷八幡宮や瑞円寺の門前の大通りは、人馬の往来でかなり賑わっている。

人目を避けるために、八幡宮の境内へはいった。千駄ケ谷八幡宮の神域は広大で、深山幽谷《しんざんゆうこく》を思わせるような樹海の中に多くの神殿が点在している。

「おめえにとっても焼け死んだおむらは、このうえねえ義理の母親だったんだろうな。おめえは嫁じゃあねえ、おむらの実の娘だって言われるほど、仲がよかったそうじゃあねえかい」

左門次は、腕を組んで歩いた。

「はい、ほんとうによくしてくれました。もともと血がつながっているんだから、情の濃いのは当たり前って、よく笑っておりましたっけ」

　浮かない顔つきながら、おたけは深くうなずいた。

「ところがやっぱり、おむらはおめえの実のおっかさんじゃあなかったな」

「えっ……」

「考えようにもよるだろうが、おめえはおむらを憎まなくちゃならねえ立場に置かれていた。おめえの両親をあの世へ送ったのは、おむらだったんだから無理もねえ」

「いまさら、何を申されるんです」

「実の親の敵《かたき》が、心からおめえを可愛がる義理の母親になったんだ。このままの流れに身を任せたほうがいいか、それともいつかは敵を討つかと、おめえは奇妙な情けの板挟《いたばさ》み」

「わたしは、何もそんなつもりで……」

「おっと、鳥居を目の前にしての嘘はいけねえよ」

「ですけど……」

「いざってときになると、こいつが本心だってやつが物事を決めてくれる。まあ、言いようによっちゃあ、魔が差したってことにもなるんだろうよ。いずれにしても炎に包まれたおむらの姿を見て、両親の敵討ちだとおめえの心は決まった。いまからでも助け出せるという思いを無理に抑えて、おめえはおむらを見殺しにした。わたしが殺すんじゃない、助けようがなくて焼け死ぬんだと、おめえは胸のうちで叫び続けたことだろうよ」

「はい、そのとおりでした」

おたけはよろけて、その場にしゃがみ込んだ。

「まさか亭主の梅太郎が、親を焼死から救わなかったってえ重罪に問われるとは思いつかねえにしろ、おめえも浅はかなことをしたもんだぜ」

左門次は雪駄の裏で、小砂利《こじゃり》を踏みにじっていた。

正面に富士山を象《かたど》った小山があり、中腹の浅間社《せんげんしゃ》へ石段が続いている。その登り口の鳥居が、眼前にあった。人影は途絶えているが、こんなところでおたけに泣かれても困ると、左門次は顔をしかめていた。

「どうしたら、よいのでしょう」

地面にすわって、おたけは泣き出した。

「本来ならば、おめえも梅太郎と同罪のはずだ。いや、そうじゃあねえ。おむらがすっかり炎に包まれるまで、おめえは故意に梅太郎を呼ばずにおいたんだ。そうなると梅太郎には罪がなく、おめえがお召し捕りにならなくちゃあならねえのよ」

「そのように、思案もしましたけど……」

「子を身籠《みごも》っているとわかって、その気もくじけたんだろう。それでお助け同心に、すがってみることにした」

「ですけどこうなったからには、自訴《じそ》（自首）するほかはないようで……」

「まあ、待ちねえ。それじゃあ、お助け同心が何の役にも立たねえばかりか、新たに罪人を作り出すことになっちまうだろうぜ」

「それでもほかに、手の打ちようがないとなれば……」

「ところが、手の打ちようが見つかったのよ」

「えっ！」

「おめえは、運のいい女だ。ここへくる途中、賭場の借金を取り立てる連中に、平七がいたぶられているところを通りかかった。とりあえず連中は追い払ったが、もしそのことがなかったらおれもおめえに、自訴をすすめる羽目になっただろうよ」

「平七さんに、賭場の借金があったんですか」

「江戸の賭場は、大名屋敷の中間部屋ってのがいちばん多い。平七もどこぞの中間部屋に通いつめていたんだろうが、借金が三十両と積もったあとは逃げ回っていたらしい」

「三十両……！」

「そうと知ったとき、おれが端《はな》から引っかかっていたことの謎も、さっぱりと解けたぜ」

「謎とは、どういうことなんです」

「梅太郎とおめえが、それで目を覚ましたというおむらの悲鳴よ。おむらは、梅太郎、おたけ、助けておくれ、うわっ、梅太郎、早く助けて、と叫んだそうだな」

「はい」

「おれが何より気に入らなかったそいつが、いまは梅太郎とおめえを助ける命の綱になりそうだ。さあ、急ごうぜ」

左門次は、鳥居に背を向けた。

「はい」

両手を突いて、おたけは尻を浮かせた。

千駄ケ谷町の善兵衛店へ引き返すと、左門次は平七の女房を住まいから追い出した。二間だけの家の中には左門次、おたけ、平七と三人の息遣いがあった。

そうなったときから、平七はすでに血の気を失っていた。六畳間の真ん中にひとりすわらされた平七は、膝をそろえて震えているように見えた。そうした平七を敬遠するように、おたけは離れて土間に突っ立っている。

「火事になって家の中に火が燃え広がったとき、足腰の達者なおむらは何よりもまず外へ逃げ出したはずだ。ところが、おむらは逃げ出そうともしねえで、助けてくれと梅太郎とおたけの名を呼んでいる。こんな間の抜けた話は、どこにもねえだろうよ。助けを呼ぶより逃げ出したほうが、よほど手っ取り早いんだからな」

上がり框《がまち》に腰を据えて、左門次は誰にともなく言った。

「はい」

お人よしのせいか脅《おび》えているためか、平七があわてて応じた。

「そうなると、こいつはどうだ。おむらは火事だからってんで、助けを呼んだんじゃあねえってことになるぜ」

「はい」

「たとえばの話、夜中に刃物を手にした男が押し入って来たんだったら、おむらは間違いなく金切《かなき》り声《ごえ》で助けておくれと、梅太郎やおたけの名を呼ぶだろうよ。

つまるところがあの晩、火事になる前に離れへ押し入り、刃物でおむらを脅《おど》した野郎がいたってわけだ。そいつは頰かぶりで面《つら》を隠していただろうが、おむらとは親しい間柄でな。だからこそ、そいつはおむらに小金の貯えがあるってことも、承知していたんだろうよ。賭場の借金三十両を何とかしねえと命が危ねえってんで、野郎としては切羽詰《せっぱつ》まっての押込みだ。なあ、平七」

「は、はい。恐れ入りましてございます」

元来が悪党でもなく、気の小さい植木職人が半ば観念していたのだから、とてもシラはきれなかった。

「神妙ついでに、出火に至るまでの子細を聞かせちゃあくれめえか」

左門次の口調は、穏やかであった。

「わたしが枕元に立ったときに、ご隠居さんは目を覚ましました。わたしが出刃《でば》を突きつけましたんで、びっくり仰天《ぎょうてん》ご隠居さんは飛び起きて、悲鳴を上げながら板の間へ逃げました」

平七は、深くうな垂《だ》れた。

「そのとき、助けておくれと叫んで、おむらは梅太郎とおたけの名を呼んだんだな」

左門次は平七という男のことも、何となく気の毒に思えてならなかった。

「はい。ご隠居さんは板の間の隅にあった油の甕《かめ》を、頭のうえまで持ち上げてわたしに投げつけようと……」

平七は、遠くを見るような目つきになっていた。

おむらは驚きと恐怖のために、正常な判断力を失っている。しかも夜中に飛び起きたのだから、何をするにも無我夢中だったのだ。それで油の甕など、抱え上げたのだろう。おむらはそれを、唯一の武器と考えたらしい。

しかし、甕を高く差し上げれば当然、中身の油が流れ出る。甕を平七に投げつける前に、油が残らずこぼれてしまうことになった。おむら自身が、頭から油をかぶった。

そのうえ寝間と板の間の両方へ、ぶちまけられた油が流れて広がった。それでもなお、おむらは甕を投げつけようと身構えたので、油に足を取られたのであった。

ツルッと滑って、おむらは転倒した。こんな騒ぎになってしまっては、平七としても盗みどころではなかった。もはやこれまでと、平七は枕元の置き行燈《あんどん》を板の間へと蹴飛ばした。

行燈の火が、床一面に広がっている油に燃え移った。板の間と寝間の一部が、一瞬にして火の海となった。おむらが転倒した拍子に手放した甕は、土間まで飛んで割れていた。それで油を追った火は、土間へと突っ走った。

何よりも全身に油をかぶっているおむらが、勢いよく炎に包まれることになる。平七も逃げなければ、焼け死んでしまう。平七は必死で寝間の雨戸を突き破り、外へ飛び出したその足で千駄ケ谷町に逃げ帰った。

「申し訳ないことをいたしました」

平七は、声を上げて泣き出した。

左門次は、フーッと息を吐いた。おたけは呆然《ぼうぜん》となって、身動きもならないようだった。左門次にできることは、ここまでである。梅太郎の今後の扱いについては、奉行所の裁決を待つしかなかった。

左門次は、千駄ケ谷町の五人組を呼んだ。この場合の五人組は町内の家主の寄り合いで、犯罪防止、訴訟の立ち会いをはじめ、町内の公用をすべて取り仕切っている。

左門次は五人組に事情を説明して、平七に自訴させることをすすめた。五人組は、恐れ入って自訴に同意した。町内の人間が召し捕られるより、付き添って自首させたほうが、五人組の責任は軽くなるのである。

「今月は南町の月番だが、北町へ自訴しなくちゃあいけねえよ」

左門次は五人組に、そう注文をつけた。

梅太郎をお縄にしたのは、北町奉行所の辺見勇助であった。これで平七が南町奉行所に自訴したりすれば、北町奉行所の面目はまるつぶれとなる。

面目をつぶされた北町奉行所がヘソを曲げると、梅太郎の今後が不利になるということを、左門次は配慮したのだった。左門次は最後に、あくまで平七の意志による自訴とするようにと、付け加えた。

すなわち、尾形左門次なる高積見廻り同心の存在と介入は、隠し通せという指示である。平七も五人組一同も、それを承知した。

北町奉行所に平七が自訴したことによって、この一件の扱いはいっそう厄介《やっかい》になった。真犯人が自首して来たので、先に逮捕されていた容疑者を釈放すればよい、というわけにはいかないからであった。

平七が犯した罪と関連はあるが、梅太郎は別の罪に問われているのだった。平七の罪は火事の原因を作ったことにあり、梅太郎の罪は親を焼死から救わなかったことにある。

この二つの罪が、どう噛み合うか。梅太郎と平七の両方を、それぞれの罪で別個に罰すべきか。それとも梅太郎に、情状酌量《じょうじょうしゃくりょう》の余地ありと見るべきか。その辺の解釈が、前例なきゆえに難しかった。

平七の罪は、簡単に決まった。

押込み（家宅侵入・強盗）

おむらを焼死せしめたので殺人。しかも、梅太郎方の離れは主人の家と見なされ、おむらは主人の親ということになる。

以上の罪だけでも、刑は磔《はりつけ》となる。

更に放火の罪が成立するので、火刑に処せられる。

ただし自訴したのは神妙に付き、引き廻しのうえ獄門。


こうした判決になったのだが、そこで矛盾が生じたのであった。おむらを焼死せしめたのは平七と、判決で明らかにされている。それでいて一方では、おむらを焼死から救わなかったという罪を、梅太郎に問うているのだ。

この矛盾点を中心に北町奉行、寺社奉行、勘定奉行の三者は、十一月の下旬まで合議を重ねた。その結果、梅太郎には次のような裁断が下された。

押込みの火付（放火）により焼死いたしたる者、何びとといえどもこれを救い難《がた》し。よって梅太郎が申し開きを認め、ご放免申し付くるものなり。

師走《しわす》にはいって間もなく、梅太郎は無罪放免となった。左門次は梅太郎を千駄ケ谷町の五人組と一緒に、『植甚』の家の焼け跡まで送ってやった。

「おめえの魔性が目を覚ましての親の敵討ちだが、生涯おれもおめえも忘れちまうってことにしようぜ」

左門次は、おたけの耳元で囁《ささや》いた。

「何から何まで、ありがとうございます」

泣き笑いの顔で、おたけは頭を下げた。

「なあに、やれるだけのことをやったまでよ」

尾形左門次は、お助け同心の役目を果たしたときのセリフを、今日も口にした。年が明けたら焼け跡に、新しい家が建つことだろう。いや、その前に門松《かどまつ》用の松を求める人々が植甚へ押しかけて、梅太郎とおたけは松竹梅の多忙を極めるに違いない。

コスミック・時代文庫

お助《たす》け同心《どうしん》 尾形《おがた》左門次《さもんじ》

2021年12月25日　初版発行

【著 者】
笹沢《ささざわ》左保《さほ》

【発行者】
杉原葉子

【発 行】
株式会社コスミック出版
〒154-0002 東京都世田谷区下馬6-15-4
代表　TEL.03(5432)7081
営業　TEL.03(5432)7084
FAX.03(5432)7088
編集　TEL.03(5432)7086
FAX.03(5432)7090

【ホームページ】
http://www.cosmicpub.com/

【振替口座】
00110-8-611382

【印刷／製本】
中央精版印刷株式会社

乱丁・落丁本は、小社へ直接お送り下さい。郵送料小社負担にて
お取り替え致します。定価はカバーに表示してあります。

ISBN978-4-7747-6341-5 C0193